HANSEL Y GRETEL:
El retorno de la bruja

ROBERTO SANTIAGO
EVA REDONDO

Ilustraciones de David Guirao

SEGUNDAS PARTES SIEMPRE
FUERON BUENÍSIMAS

edebé

© Texto: Roberto Santiago y Eva Redondo, 2016
© Ilustraciones: David Guirao, 2016

© Edición: EDEBÉ, 2016
Paseo de San Juan Bosco, 62
08017 Barcelona
www.edebe.com

Atención al cliente: 902 44 44 41
contacta@edebe.net

Directora de Publicaciones: Reina Duarte
Editora de Literatura Infantil: Elena Valencia
Diseño: BOOK & LOOK

1ª edición, marzo 2016

ISBN 978-84-683-2458-6
Depósito Legal: B. 1590-2016
Impreso en España
Printed in Spain

HANSEL Y GRETEL:
El retorno de la bruja

SEGUNDAS PARTES SIEMPRE
FUERON BUENÍSIMAS

Queridos niños, ¿qué os ha traído hasta aquí?
Entrad pues, y quedaos en mi casa.
Nada malo os ocurrirá.

HANSEL Y GRETEL. JACOB Y WILHEM GRIMM

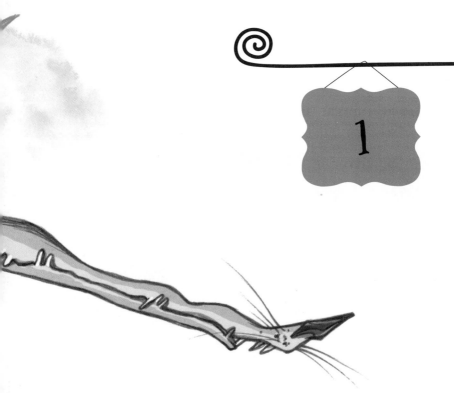

Mi nombre es Gretel, acabo de cumplir nueve años, y todo lo que voy a contar aquí es verdad.

Podría inventarme muchas cosas para parecer más lista y para quedar mejor.

Pero la verdad siempre es mucho más interesante.

Lo que voy a contar es una cosa de locos que me ocurrió en invierno.

Es algo que empezó como un juego.

Y que acabó... con hechizos malvados, con una guerra de brujas, con lobos salvajes a punto de devorarme, y con dos niños luchando a vida o muerte contra las fuerzas del mal.

Pero mejor empiezo por el principio.

Yo vivo con mi padre y mi hermano en una casa a las afueras de un pueblo tranquilo.

Es una casa con un huerto alrededor, y con árboles, y una valla de color verde. Hay muchos animales también.

Vivimos los tres en la casa: mi padre, mi hermano y yo.

Mi madre murió hace mucho tiempo.

Pero mi padre nos cuida muy bien.

Se llama Esteban. Y trabaja mucho en la granja.

Siempre dice que es muy feliz con nosotros y que somos lo que más quiere en el mundo. Aunque a veces yo creo que se siente un poco solo.

—Papá, a lo mejor deberías buscarte una novia —le dije una noche antes de dormir.

—Anda, anda, no digas tonterías —respondió.

Me dio un beso en la frente y apagó la luz.

Creo que es un tema del que no le gusta mucho hablar.

Mi hermano se llama Hansel y tiene once años.

Yo quiero mucho a mi hermano. Es muy simpático. Y muy gracioso. Y se le da muy bien jugar a «piedra, papel o tijera».

Al que nunca haya jugado a «piedra, papel o tijera» le recomiendo que no juegue contra mi hermano; tiene el récord de partidas ganadas en mi colegio: 253 partidas ganadas seguidas. Nadie ha conseguido vencerle desde hace mucho tiempo.

Además, Hansel saca muy buenas notas y es muy buen chico y le cae bien a todo el mundo.

Pero hay una cosa que casi nadie sabe: Hansel es un poco mentiroso.

Ya lo he dicho.

La gente no lo sabe, ni siquiera mi padre.

Yo sí lo sé.

Porque paso con él más tiempo que ninguna otra persona en el mundo. Así que le conozco muy bien.

Cuando éramos pequeños, mi hermano y yo nos metimos en el bosque y terminamos en la cabaña de una bruja horrible.

La bruja estuvo a punto de comernos.

Encerró a mi hermano en una jaula y le alimentó para que engordara. Quería asarlo en el horno como si fuera un cochinillo.

El caso es que yo empujé a la bruja horrible dentro del horno y pudimos escapar.

Es una historia que se ha hecho muy famosa.

Todo el mundo la conoce.

La llaman la historia de Hansel y Gretel. Que bien pensado, es algo que no entiendo muy bien, porque la que acabó con la bruja y la que la empujó dentro

del horno y la que sacó a mi hermano de la jaula...
¡¡¡fui yo!!!

Debería llamarse la historia de Gretel y Hansel.

Eso sería lo más justo.

Que yo sepa, soy la única niña de mi colegio, y de mi pueblo, que ha vencido a una bruja.

No es algo que pase todos los días.

El problema es que la gente no estaba allí delante para verlo.

Todos creen que en realidad fue mi hermano el que venció a la bruja.

Sin embargo, Hansel lo único que hizo fue estar cuatro semanas metido dentro de una jaula, comiendo sin parar.

La que engañó a la bruja malvada, la que la empujó dentro del horno y cerró la puerta, la que sacó a mi hermano de la jaula fui yo.

Pero claro, mi hermano es el mayor.

Y encima, como es el chico, pues todos en mi pueblo creen que fue él quien arregló las cosas.

Me da mucha rabia que algunos piensen que los chicos son más valientes y más fuertes que las chicas.

Ya estoy cansada de escuchar siempre lo mismo:

«Hansel, cuéntanos cómo acabaste con la bruja».

«Hansel, dinos qué hiciste para engañarla».

«Hansel, ¿crees que podrías vencer también a un dragón?».

Hansel esto.

Hansel lo otro.

¿Y yo?

Mi hermano siempre cuenta la historia a su manera. Como si hubiera sido él quien acabó con la bruja.

Ya he dicho que es un poco mentiroso.

Yo creo que no lo hace aposta.

Todos dan por hecho que yo soy la hermana pequeña e indefensa. Y que Hansel es el héroe.

Y mi hermano... Mi hermano nunca dice lo contrario y deja que la gente siga pensando eso.

—Ay, Gretel, qué suerte tener un hermano tan valiente —me dijo un día mi padre, mientras cortaba leña en el jardín.

—¿Qué? —pregunté yo, mirándole muy fijamente.

—Pues eso, mi vida —respondió mi padre como si tal cosa—, que yo os quiero a los dos por igual, pero que es una suerte para ti ser la hermana pequeña de Hansel.

Me revolvió el pelo con la mano.

Y siguió dale que te pego con el hacha.

Esa fue la gota que colmó el vaso.

¡Mi propio padre!

Una cosa es que se sintiera solo a veces, y que no tuviera novia, y que se pasara todo el día trabajando y cuidándonos.

Pero aquello era demasiado.

¿Pobrecilla yo?

¿Suerte yo?

¿La hermana pequeña yo?

Ya está bien.

Se acabó.

En ese preciso instante tomé la decisión.

Tenía que hacer algo.

La gente sabría la verdad.

Y dejarían de hablar de la historia de Hansel y Gretel.

A partir de ahora, hablarían de la historia de Gretel y Hansel.

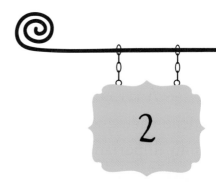

2

Esto fue lo que le dije a mi hermano:

—Hansel, he estado pensando una cosa...

Íbamos caminando por el sendero que va desde el pueblo hasta nuestra casa.

Siempre volvíamos del colegio por ese sendero. Es muy frondoso, y hay olivos y otros árboles a ambos lados del camino.

Estaba atardeciendo.

Miré el sol al fondo sobre el horizonte.

—Es una cosa que he pensado mucho —insistí.

Mi hermano al fin me respondió:

—¿Piedra, papel o tijera?

Está un poco pesadito con el juego.

—A ver, escucha un momento —le dije—. Esto no tiene nada que ver con piedra, papel o tijera. Es algo muy importante.

—Todo tiene que ver con piedra, papel o tijera —respondió él.

Siguió caminando.

Desde que batió el récord del colegio, no piensa en otra cosa.

Dice que no es un juego de suerte. Que es una cuestión de habilidad mental y de concentración.

—Pero... —intenté decir.

—Pero nada —dijo—. Elige: piedra, papel o tijera.

—Está bien —acepté.

Si quería que me hiciese caso, no tenía más remedio que jugar con él.

Nos quedamos los dos allí parados en mitad del camino.

Le miré muy concentrada y dije:

—Venga, adelante.

Los dos pusimos las manos detrás de la espalda.

Preparados.

Para el que nunca haya jugado, la cosa es así...

Puedes elegir una de las tres opciones: piedra, papel o tijera. Los dos jugadores sacan la mano al mismo tiempo y se enfrentan entre sí. Si sacas la mano cerrada en un puño, entonces has elegido piedra. Si la sacas completamente abierta, papel. Y si sacas el dedo índice y el corazón extendidos, tijera. La piedra gana a la tijera (porque la rompe), la tijera gana al papel (porque lo corta), y el papel gana a la piedra (porque lo envuelve).

Y ya está.

Es muy sencillo.

Yo creo que es pura suerte. Pero mi hermano insiste en que hay que tener mucha psicología y mucha técnica para jugar.

Empezó a contar en voz alta:

—Una, dos... y...

Pensé: «¿Qué sería mejor? ¿Sacar piedra? No, no, mejor tijera. No, papel».

Ayyyyyy, no estaba segura...

¿Qué hacer?

—¡Y tres! —dijo mi hermano.

Los dos sacamos nuestras manos a la vez.

Saqué lo primero que me vino a la cabeza, sin pensar.

Yo tenía todos los dedos de la mano abiertos. Había sacado papel.

Observé la mano de Hansel.

Mi hermano tenía... el puño cerrado.

Piedra.

¡Toma ya!

¡El papel gana a la piedra!

¡Había ganado al campeón del colegio!

Mi hermano se quedó con los ojos abiertos, como si nunca le hubiera pasado una cosa así.

Su hermanita pequeña le había ganado.

—Yo creía que..., que... —intentó decir.

Las palabras no le salían.

Estaba en *shock*.

—Bueno, ahora tienes que escucharme —me aproveché yo.

No sé si se quedó quieto sin moverse para escucharme, o porque aún estaba dándole vueltas a lo que había pasado. El caso es que le tenía a mi lado. Sin mover ni un músculo.

Me aseguré de que no había nadie cerca.

No quería que nadie nos escuchara.

Me acerqué mucho a mi hermano.

Y allí, en aquel sendero entre los olivos, mientras el sol estaba a punto de ponerse, le dije muy seria:

—Hansel, me gustaría mucho que les contaras a todos lo que pasó de verdad con la bruja. Que fui yo quien la engañó y la metió en el horno. Que fui yo la que te sacó de la jaula y te salvó. ¿Qué te parece si mañana durante el recreo se lo dices a todos?

Hansel se quedó pensativo.

Y se rascó la nariz.

Mi hermano se rasca mucho la nariz, sobre todo cuando está preocupado.

A continuación, me miró muy fijamente.

—Escucha, Gretel —dijo suspirando—, hace tres meses y ocho días que no pierdo a piedra, papel o tijera. Hagamos un trato: vamos a hacer como si nunca hubiéramos jugado esta partida, ¿vale? Al fin y al cabo, nadie se ha enterado y a ti te da lo mismo, así que vamos a olvidarlo. Esta partida nunca ha existido.

Después, sin más, siguió caminando.

Me quedé parada un momento.

Voy a repetirlo por si alguien todavía no lo ha entendido.

Hansel es muy simpático y muy buen chico y todo eso.

Pero es un poco mentiroso.

Esa es la verdad.

Estaba claro: mi hermano no le iba a contar a nadie lo que había pasado de verdad con la bruja. Ni tampoco le iba a contar a nadie que yo le había ganado a piedra, papel o tijera.

No tenía ninguna intención de hacerlo.

Le gustaba ser el héroe de la historia.

Le gustaba tener el récord de victorias en piedra, papel o tijera.

Aunque para eso, tuviera que mentir un poco.

Ya que no me iba a ayudar, me las tendría que apañar yo sola.

Sabía perfectamente lo que tenía que hacer.

Y lo iba a hacer esa misma noche.

Mientras mi padre y mi hermano y el resto del pueblo estuvieran durmiendo.

3

Me di la vuelta en la cama.

Miré el reloj que hay sobre la mesilla: las doce en punto de la noche.

Había llegado el momento.

Abrí la colcha y salí de la cama.

Me vestí rápidamente y me puse las botas marrones con hebillas de metal, que son mis favoritas y que estaban justo debajo de la ventana.

Mientras me las ponía, miré un momento a través del cristal de la ventana.

Se podía ver la luna en lo alto.

También los árboles del bosque delante del huerto. El viento movía las ramas.

Nuestra casa es la más alejada del pueblo.

A partir de aquí ya no hay ninguna otra casa. Nada más cruzar la verja de color verde, empieza el bosque.

Es un bosque enorme. Y según dicen, muy peligroso.

Por lo visto, hay toda clase de animales extraños y misteriosos en su interior.

Allí dentro fue donde encontramos la casa de la bruja hace mucho tiempo.

Eché un último vistazo desde la ventana y pensé: «Adelante».

Me abrigué muy bien. Mi pueblo está cerca de las montañas y por la noche hace un frío que pela.

Salí de la habitación.

La casa entera estaba en penumbra.

Crucé el pasillo intentando no hacer ruido.

Cuando me disponía a bajar las escaleras, justo cuando estaba a punto de pisar el primer escalón, escuché una voz detrás de mí.

—¿Se puede saber adónde vas a estas horas?

Por un momento, pensé que mi padre se había despertado y me había pillado.

Pero no.

Era mi hermano.

En pijama.

Observándome desde la puerta de su habitación.

—Gretel, ¿qué haces? —preguntó, hablando en voz baja.

Respiré hondo.

Podría haberle mentido.

Podría haber contestado que iba un momento al huerto a ver la luna.

Y que enseguida volvía.

Pero ya he dicho que la verdad siempre es mucho mejor y más interesante.

Así que eso es lo que hice: decirle la verdad.

—Me estoy escapando al bosque en mitad de la noche. Voy a buscar la casa de la bruja. Voy a demostrar a todos que no tengo miedo y que no soy la hermana pequeña e indefensa —dije.

—¿Eh? —preguntó él, asustado.

—Escaparme. Al bosque. Igual que cuando éramos pequeños —repetí.

Él me miró como si me hubiera vuelto loca.

—Pero, Gretel, la última vez la bruja estuvo a punto de comernos —respondió.

—Bueno —dije yo—, es un riesgo que tendré que correr.

Comencé a bajar las escaleras.

Decidida.

Sin mirar atrás.

Mientras bajaba los escalones, uno a uno, muy despacio, podía sentir la respiración de mi hermano.

Pensé: «A lo mejor se da cuenta de que no quiero irme sola. A lo mejor en el último momento baja las escaleras corriendo y se viene conmigo al bosque».

Pero no pasó nada de eso.

Hansel se quedó en la puerta de su habitación.

Sin moverse.

Mirándome.

Yo no me giré en ningún momento.

Bajé los últimos escalones.

Crucé el salón.

Agarré el pomo de la puerta.

Respiré hondo.

Y salí.

4

Cosas que se me dan bien:

Correr.

Nadar.

Saltar los setos del patio del colegio.

Multiplicar.

Montar en bicicleta.

Aguantar la respiración debajo del agua.

Dibujar circunferencias con el compás.

Los trabalenguas.

Los acertijos.

Contar chistes.

Caminar con los talones de los pies.

Las clases de gimnasia.

Ponerles forma a los árboles.

Y también otras cosas que no voy a decir ahora porque no vienen a cuento.

Pero hay algo que se me da muy mal. Muy pero que muy mal.

Nunca sé dónde está el norte o el sur o el este o el oeste.

No tengo «sentido de la orientación».

Me pierdo.

O simplemente, no me acuerdo por dónde he venido.

Me he perdido en la playa buscando a mi padre, en el mercado central, cuando nos llevaron de excursión a recoger minerales, en la estación de trenes...

Y lo más increíble de todo: en mi propia casa.

Sí, sí.

En mi casa una vez también me perdí.

Lo prometo.

Quería ir a la cocina y de repente aparecí en el baño con un tazón de leche caliente.

El caso es que ahora estaba sola.

En mitad del bosque.

Con mis botas marrones de hebillas de metal.

De noche.

Helada de frío.

Ya no se veía mi casa.

Ni el pueblo...

Solo troncos, ramas y ruidos extraños.

Entonces recordé algo muy importante que nos habían dicho en el colegio.

—El sol sale por el este y se pone por el oeste. La estrella polar señala al norte. Las telas de araña se encuentran en el lado sur de los árboles. Si las hojas se mueven hacia la derecha, es porque el viento sopla por la izquierda.

Por lo tanto...

Por lo tanto no tenía ni idea de dónde estaba.

Por lo tanto estaba perdida.

Totalmente perdida.

Llevaba caminando un buen rato.

Y no sabía hacia dónde ir, ni qué hacer.

Quizá eso de escaparme sola al bosque en mitad de la noche no había sido tan buena idea.

Al menos podía haber traído migas de pan para marcar el camino de regreso, como hizo mi hermano la última vez.

Se levantó el viento.

Y escuche un aullido a lo lejos.

¿Había sido un lobo?

En ese momento, decidí hacer una de las cosas que mejor se me daban: correr.

Todo lo deprisa que podía.

Sin una dirección concreta.

Simplemente correr.

Me tropecé varias veces.

Incluso me caí al suelo.

Pero me levanté y seguí corriendo.

Iba a seguir corriendo sin parar mientras tuviera fuerzas para hacerlo.

No tenía ninguna intención de parar.

No sé cuánto tiempo estuve corriendo.

Pero fue bastante.

Quizá una hora.

O dos.

Que es muchísimo.

El que nunca haya corrido durante una hora seguida, que pruebe a hacerlo y verá lo que quiero decir.

Al fin me detuve.

Así.

De repente.

Estaba agotada.

Me incliné para tomar aliento. Y de pronto vi algo...

En el suelo, bajo mis pies: un sendero. Un camino de tierra, sin ramas ni árboles en medio.

Lo seguí.

Pasito a pasito.

Y cuando me quise dar cuenta, estaba delante de una cabaña.

Una cabaña que me resultaba familiar.

No podía ser...

¿Era la cabaña de la bruja? ¿La misma cabaña donde Hansel y yo habíamos estado prisioneros hace años?

Me acerqué lentamente.

Estaba muy cambiada.

Las paredes y el techo no parecían de caramelo y dulces.

Sin embargo, había algo que me resultaba familiar.

Alargué una mano y toqué la cabaña.

Estaba pegajosa.

Con mucho cuidado, le di un chupetón.

¡Sí!

¡Estaba riquísimo!

¡Era la cabaña de caramelo!

¡Allí seguía!

Y seguía estando buenísima.

La vieja cabaña.

Daba la sensación de que no había pasado el tiempo.

¡Allí estaba otra vez!

Pensé que no era buena idea seguir allí. Podía ser peligroso. También pensé que lo mejor sería irme igual que había llegado: corriendo.

Entonces observé la puerta de entrada de la cabaña.

Y por supuesto hice lo que habría hecho cualquier otro en mi lugar.

Entrar.

5

El interior estaba muy oscuro.

La luz de la luna se colaba por las ventanas.

Entre la penumbra, avancé a tientas.

Retiré unas cortinas que colgaban del techo.

Aunque no se veía mucho, el sitio me resultaba familiar. En esa cabaña había pasado un mes entero. Prisionera de la bruja.

Todo seguía casi igual.

La mesa alargada de madera con las sillas.

La mecedora en una esquina.

El taburete junto a la chimenea.

Y...

El horno.

Allí estaba.

En una esquina.

Apartado del resto.

El horno donde habían estado a punto de cocinar a mi hermano. Donde yo había empujado a la bruja.

Habían pasado tres años desde aquello, pero era como si todo hubiera ocurrido ayer mismo.

Di unos pasos y me puse delante del horno.

¡Si en el pueblo me hubieran visto engañar a la bruja y meterla allí dentro!

No hay muchas niñas en el mundo que hayan vencido a una bruja.

Pero eso ahora daba igual.

En aquella cabaña no quedaba ni rastro de lo que había ocurrido allí dentro.

Ni de la bruja.

Ni de lo que yo había hecho.

Ni de nada.

Ahora simplemente era una vieja cabaña olvidada en medio de ninguna parte.

Y aquel aparato que tenía delante era un horno oxidado y abandonado que no servía para nada.

Esta escapada nocturna había sido una tontería.

Le di una patada al horno.

Y me di la vuelta hacia la puerta. Dispuesta a salir de allí y regresar a casa.

Todo había sido inútil.

Mi padre me regañaría y seguramente me caería un buen castigo.

Eso, si conseguía regresar. Si no, tendrían que mandar una expedición de rescate a buscarme.

Y en ese caso conseguiría lo contrario de lo que iba buscando: que todo el mundo dijera «pobrecita Gretel, sin su hermano está perdida».

Estaba pensando eso, cuando de pronto ocurrió.

Escuché un ruido detrás de mí.

Era agudo, como un chirrido.

Me giré.

Y lo que vi me dejó con la boca abierta.

La puertecilla del horno se estaba abriendo.

Lentamente.

Y de su interior salía una especie de humo... amarillento.

Poco a poco el humo se fue haciendo más y más denso.

Y más brillante.

Yo retrocedí unos pasos.

El humo de color amarillo pareció cobrar vida propia, y empezó a moverse por la cabaña a toda velocidad.

Por encima de la mesa, de las sillas, alrededor de la lámpara del techo...

Hasta que finalmente se detuvo.

Se posó sobre la mecedora y esta comenzó a balancearse.

Luego percibí ese olor. Un olor como a pelo quemado.

Y entonces sí.

Salí corriendo.

Detrás de mí pude escuchar ruidos y gritos.

Eran como aullidos y gruñidos.

Aunque tal vez los gritos eran míos.

Corrí con todas mis fuerzas una vez más. Hasta que tropecé con la raíz de un árbol enorme.

Caí al suelo y me di un tremendo golpe en la cabeza.

Noté que a mi alrededor las cosas se movían.

Estaba mareada y veía todo borroso.

El árbol delante de mí tenía forma de pez espada.

Ya he dicho que se me da muy bien hacer formas con los árboles.

Eso fue lo último que vi.

Justo antes de desmayarme.

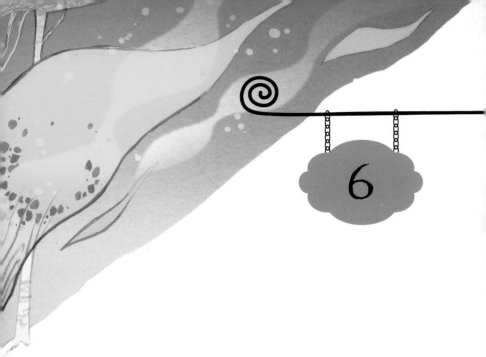

6

Al abrir los ojos, lo primero que vi fue el rostro de una mujer.

Tenía la piel muy blanca y coloretes en los carrillos. Su pelo era largo y estaba recogido en una coleta que le llegaba casi hasta la cintura.

También me llamó la atención su nariz: era un poco alargada y estaba roja, quizá por el frío.

Aquella mujer llevaba una escopeta colgada a la espalda y sujetaba una antorcha con la mano derecha.

—Hola, soy la guardabosques —dijo la mujer, observándome.

—¿La guardabosques? —pregunté asombrada—. No sabía que las chicas podían ser guardabosques.

—Pues ya ves que sí —dijo.

El trabajo de guardabosques es muy duro. Los guardabosques plantan árboles, protegen a los animales, cuidan las plantas, retiran la maleza seca para que no haya incendios, guían a los excursionistas, trabajan día y noche, cuando llueve y cuando hace sol...

A mí no me importaría ser guardabosques de mayor.

—Me llamo Jara —dijo ella.

—Jara, qué nombre tan bonito. Yo soy Gretel.

—¿Y se puede saber qué haces sola en el bosque a estas horas, pequeña Gretel? ¿No sabes que es muy peligroso? —me preguntó.

La miré sin saber muy bien qué responder. Pensé que tenía la nariz tan roja que parecía un pimiento.

—Sí, Nariz de Pimiento, digo, sí, Jara. Lo que pasa es que... Lo que... He venido al bosque para..., para...

Yo quería decirle la verdad, y hablarle de la bruja, y de muchas más cosas, pero estaba tiritando de frío y casi no podía ni hablar y me dolía la cabeza y era la primera vez que me desmayaba y....

Jara sacó una manta de su enorme mochila.

—Anda, ponte esto, chiquilla.

Yo me cubrí con la manta desde los hombros hasta los pies. Tenía tanto frío que me chirriaban los dientes.

—Enseguida te llevo a casa.

Jara sacó un papel y lo apoyó sobre una piedra enorme que había delante de nosotros.

Yo no sé qué estaba escribiendo.

Mientras anotaba algo, me preguntaba mi nombre, mi apellido, mi dirección.

Estaba apuntando un montón de cosas en aquel papel.

Yo quería decirle: «¿Podemos irnos ya? Tengo mucho frío».

Pero estaba tan concentrada escribe que te escribe, que decidí no interrumpirla.

—Es un informe —me explicó Jara mientras seguía escribiendo—. «Niña encontrada en el bosque... a las 4:35 horas de la madrugada..., desorientada...».

—Perdona que te moleste otra vez con lo mismo, pero es que no sabía que las chicas podían ser guardabosques —repetí al verla allí tan atareada con su informe.

—¿Qué quieres decir? —me preguntó, como si le molestara mi comentario.

—Pues eso, que siempre había oído... que los guardabosques... No lo sé, que pensé que, si alguna vez conocía a un guardabosques, sería un hombre.

Jara seguía mirándome.

—Es un trabajo muy duro, supongo que tendrás que hacer cosas que... —insistí—. Disculpa si te molesta que lo diga, pero es que los guardabosques siempre son chicos...

—¿Y eso te parece bien? —me preguntó.

Lo pensé un momento.

La verdad es que no me parecía bien. Pero no se trataba de lo que yo pensara.

Jara, al ver que no estaba convencida, dejó de escribir. Se acercó al árbol que había justo detrás de nosotras. Palpó el tronco y, sin pensárselo dos veces, subió por él hasta lo más alto.

Desde allí, dio un salto y se plantó otra vez delante de mí.

—¿Qué te ha parecido?

—No, si está muy bien pero...

Entonces Jara quitó los papeles que había sobre la piedra, se agachó, la levantó y la lanzó al aire con todas sus fuerzas.

La piedra voló, voló delante de nuestros ojos, y cayó varios metros más allá.

—Esa piedra pesa más de veinte kilos —dijo sacudiéndose las manos.

—No está mal...

A continuación, Jara cogió la antorcha que nos alumbraba y también la lanzó con todas sus fuerzas a lo alto.

—Sí que te ha dado por lanzar cosas al... —dije.

Pero antes de que pudiera terminar de hablar, Jara cogió de un rápido movimiento la escopeta que llevaba colgada a la espalda, apuntó a lo alto y... disparó.

Pum.

Primer disparo, impacto de lleno en la antorcha mientras volaba.

Pum.

Segundo disparo, un nuevo impacto: la antorcha se apagó.

Y pum.

Tercer disparo a oscuras, y la antorcha se encendió de nuevo del fogonazo de la bala, justo antes de caer de nuevo en su mano.

Había sido impresionante, la verdad.

—Para tu información, las chicas también podemos ser guardabosques —dijo.

Se guardó la escopeta. Recogió los papeles, dio unos pasos hasta la piedra y continuó escribiendo el informe como si tal cosa.

Me había quedado claro que Jara era una buena guardabosques. Rápida. Fuerte. Decidida. Y además sabía disparar.

También me quedó claro que aquel informe iba a llevar un rato.

Me acerqué a la antorcha para calentarme un poco.

Y entonces descubrí algo. Algo que no podía haber descubierto antes porque estaba muy oscuro y no veía nada. Algo que ahora alumbraba la antorcha.

En el tronco del árbol con forma de pez espada había unas líneas extrañas.

Era una inscripción.

Como si alguien hubiera tallado la madera.

Me acerqué.

Dos palabras.

Solo dos.

Dos palabras terroríficas: «He vuelto».

7

Jara me llevaba en brazos.

Recuerdo que me dolían las orejas de frío.

Recuerdo el vaho saliendo de mi boca. Y aquellas dos palabras. Aquellas palabras que se repetían en mi cabeza una y otra vez: «He vuelto».

Tenía ganas de llegar a mi casa.

Con mi padre, con mi hermano.

Me sentía débil. Cansada. Y tenía mucho frío.

—¿Ves cómo está el cielo? —preguntó la guardabosques, levantando la vista.

El cielo estaba de color violeta.

—Eso quiere decir que va a empezar a nevar y si

la nieve nos pilla en el bosque de camino a tu casa, estamos perdidas. De momento te quedarás en mi cabaña unas horas; así podrás descansar y comer algo. Está justo ahí, detrás de esos árboles.

—¿Detrás de esos árboles? —pregunté asustada—. ¿No te referirás a la cabaña de la bruja?

—Que yo sepa, por aquí no hay ninguna bruja —respondió muy segura Jara—. Me refiero a mi vieja cabaña, una casita humilde, pero donde estaremos calentitas.

—Ya —dije, sin estar muy convencida—, y eso de la inscripción en el árbol..., ¿crees que tiene algo que ver con el humo amarillo y la bruja?

—Te voy a decir tres cosas, querida Gretel. La primera: te has dado un golpe muy fuerte y es probable que lo del humo te lo hayas imaginado.

—El golpe me lo di después de ver el humo y...

—Segunda: la inscripción en el árbol puede ser obra de cualquier excursionista. Incluso de un pájaro carpintero. Y tercera: hace un frío que pela y pesas un pelín. ¿Te importaría que siguiéramos con la conversación al calor de la chimenea?

No pude negarme. Tenía razón.

Estábamos solas en mitad del bosque y empezaban a caer algunos copos de nieve.

Jara me echó la manta por encima.

Yo me agarré a su cuello y me tapé la cabeza para entrar en calor.

Creo que fue un error hacer eso.

Cuando uno se tapa la cabeza, no puede ver.

Y a veces el peligro está en frente de tus narices.

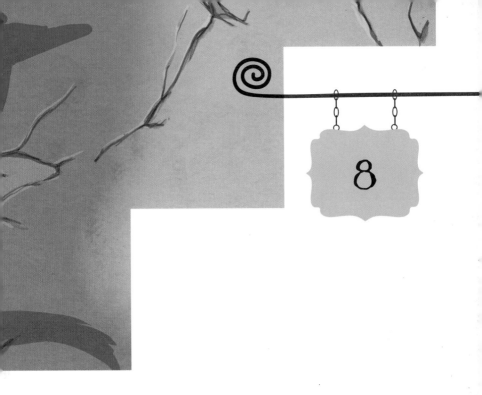

8

Iba muy calentita bajo la manta.

Ya podía sentir las orejas.

Y la nariz.

Y las manos.

Y todo mi cuerpo en general.

Escuché un pequeño chirrido.

Como el que hacen las puertas al abrirse.

Después, los pasos de Jara sobre la madera.

Entonces supe que habíamos entrado en su casa.

Ya no hacía frío.

Me destapé.

Estábamos subiendo unas escaleras.

A lo lejos, unos aullidos.

—No te preocupes, son lobos domésticos —dijo Jara mientras me dejaba sobre una cama—. Tengo unos cuantos.

—¿Lobos? —pregunté asustada.

—Vivo sola en el bosque y necesito que alguien cuide la casa. Por eso tengo lobos en un cobertizo —explicó—. Vamos a ver esa herida.

Jara me retiró el pelo de la frente.

—Esto no tiene buena pinta.

Sacó de su mochila un frasco con líquido verde y un pañuelo.

—Hay que limpiarte esa herida antes de que se infecte.

Sin mediar palabra, vertió el líquido verdoso sobre el pañuelo y me lo puso en la frente.

—¡Ay! Escuece —protesté.

—Ya está —dijo ella—. Te he puesto un poco de elixir de ciprés para que no se infecte.

Odio el elixir de ciprés.

Y todas las medicinas en general.

—¿Se puede saber qué hace una niña sola en el bosque en pleno invierno?

Me encogí de hombros.

—Quería demostrar a todos que no tengo miedo a nada —respondí, bajando la voz.

Jara sonrió, como si le hubiera gustado mi respuesta.

—Dentro de un rato, te llevaré a tu casa —dijo.

—¿Tú crees que mi padre se habrá enfadado mucho?

—Un poco. No debiste ir sola al bosque. Te podrías haber congelado de frío. O lo que es peor...

—... Podría haberme encontrado con la bruja —dije con los ojos muy abiertos.

—¿Otra vez con la bruja? ¿Pero no acabó tu famoso hermano Hansel con ella?

Y dale con la cantinela. Hasta la guardabosques había escuchado la historia y había sacado la interpretación errónea.

—Que nooooo —dije yo, un poco cansada—, fui yo la que engañó a la bruja y la empujó dentro del horno y la que solucionó todo.

—Ah, no lo sabía.

—Ya. Es que nadie se lo cree. Por eso fui al bosque,

para demostrarle a todo el mundo que me sé defender yo solita.

—Me parece muy bien —dijo ella—, pero lo mejor será que dejes tu plan para otro día. Ahora tenemos que volver a tu casa, que tu padre estará muy preocupado. Nos vamos enseguida. Primero, un desayuno calentito.

—Gracias —respondí.

Jara salió de la habitación.

Yo aproveché para echar un vistazo.

Era un cuarto pequeño.

Una cómoda.

Una mesilla.

Un armario de madera marrón.

La cama.

Al otro lado de la ventana, un pajarito de color amarillo se posó sobre una rama.

La nieve ya había cubierto de blanco las hojas del árbol.

Jara entró en el dormitorio con una bandeja gigantesca.

Había de todo: leche, nueces, galletas de vainilla,

unas natillas, pastelitos de crema, miel, tarta de queso, un bocadillo de chorizo...

¿Chorizo con nueces y tarta de queso para desayunar?

—Es que, con el golpe en la cabeza y eso, se me ha quitado un poco el hambre —dije.

—Tonterías —dijo Jara—, el desayuno es la comida más importante del día. Sobre todo teniendo en cuenta que te has pasado la noche caminando sola por el bosque.

—Pero...

—Pero nada —zanjó ella—. A comer.

Me encogí de hombros.

Al fin y al cabo supuse que Jara tenía razón. Era mejor que me alimentara un poco.

—Y todavía falta el postre.

—¿El postre? Yo creía que con...

—Chocolate bien caliente. ¿No me digas que no apetece con este frío?

—Si no digo yo que no, pero...

—Se está haciendo. En la cazuela. Voy a removerlo bien para que no se pegue.

Jara se fue a la cocina.

Unté la miel en el bocadillo de chorizo y le di un bocado.

Era muy raro pero estaba riquísimo, la verdad.

Seguí comiendo un buen rato. Estaba todo riquísimo: las natillas, los pastelillos...

Y en ese momento me acordé de aquel día en que descubrimos la cabaña en el bosque por primera vez.

¡Con esas paredes de caramelo y de chocolate!

¡Y con esas fuentes por donde salía miel!

Hummmmmmmmmmm, estaba todo buenísimo.

Igual que ahora.

¿Hummmmmmmmmmmmmmmm?

Entonces me di cuenta de lo que estaba pasando.

Aquello no era un desayuno normal.

Había demasiada comida para una niña de nueve años.

Y esa mujer... Esa tal Jara...

¿Quién era?

¿Por qué no la había visto antes?

¿Una mujer guardabosques?

¿De dónde había salido?

Jara. Ese nombre me recordaba demasiado a otra palabra.

Jara = Bruja.

¡Eso es!

¡Había caído de nuevo en su trampa!

Me levanté de un brinco.

Ya no me dolía la cabeza.

Solo quería hacer una cosa: salir corriendo, antes de que Jara... ¡me comiera!

9

Bajé las escaleras muy despacio. Intentando no hacer ruido.

Llegaría al piso de abajo.

Abriría la puerta.

Correría sin parar hasta mi casa.

La nieve no sería un problema.

Yo estoy acostumbrada a la nieve.

Podía conseguirlo.

Bajé el último escalón.

Respiré hondo.

Me puse de puntillas.

Y...

La hebilla de mi bota derecha se abrió y chocó contra el suelo.

Me quedé quieta, pensando que tal vez ella no lo había oído.

Pero no fue así.

—¿Adónde vas? —dijo una voz.

Alcé la vista.

Jara estaba a mi izquierda, en mitad de la puerta de la cocina. Con una taza humeante en la mano.

—Ya está listo el chocolate. Justo en su punto. Ni muy espeso, ni muy líquido —dijo—. ¿Se puede saber adónde ibas?

¡Quería cebarme! ¡Igual que hizo la otra vez con Hansel!

Ahora no estaba mi hermano, así que... ¡me comería a mí!

—Ehhhh, a ningún sitio —respondí, intentando mantener la calma—, o sea, sí, iba a...

Tenía que pensar algo rápido.

Y yo, que hasta ese momento siempre había dicho la verdad, dije:

—He bajado a por agua. Sí, me ha entrado una

sed... ¿Podrías darme un vaso de agua, por favor?

—Claro. Ahora te la traigo. Toma, el chocolate. Bébetelo antes de que se enfríe. Y siéntate junto a la chimenea. Acabo de encender la lumbre.

—Gracias —dije yo sujetando la taza.

Jara se metió en la cocina.

Y me dejó allí sola.

Tenía una nueva oportunidad de escapar. Iba a aprovecharla.

Caminé por un pequeño pasillo.

Llegué al salón. Miré hacia la puerta de entrada. Estaba a unos pocos metros de donde yo me encontraba.

Avancé hasta ella, hasta que algo me detuvo. Una extraña sensación.

El suelo de madera.

Las paredes marrones.

El olor a pelo quemado.

No podía creérmelo.

Me había metido en la boca del lobo.

Ese salón no era un salón cualquiera.

Yo estaba en lo cierto: ¡era el salón de la cabaña de la bruja!

La mesa alargada con las sillas.

La mecedora.

El taburete.

¡Y el horno! El horno donde esa mujer había planeado asarme.

¡Yo conocía perfectamente aquel sitio!

Al entrar un rato antes con la manta en la cabeza no me había dado cuenta, pero ahora no tenía ninguna duda: ¡era la guarida de la bruja malvada!

¡Había vuelto al mismo lugar!

¡Todo era una trampa de Jara!

¡De la bruja!

Quería gritar.

Pero no lo hice.

Simplemente, me armé de valor, fui hasta la puerta y giré la manilla.

—La he cerrado con llave para que no entren ciervos —dijo Jara, asomándose en el salón.

Extendió su mano con el vaso.

—En vez de agua te he traído zumo de arándanos. Bébetelo antes de que se le vayan las vitaminas.

Y aunque sabía a rayos, me lo bebí sin rechistar.

—¿Dónde ibas ahora si puede saberse? —preguntó muy seria.

—No, no, a ninguna parte. Solo estaba comprobando que la puerta estaba bien cerrada. No vaya a ser que entre algún... ciervo... o alguno de esos... animales... que no queremos que entren...

¡Ya no sabía ni lo que estaba diciendo!

—Estás muy rara, Gretel —dijo ella—. A ver si el golpe en la cabeza te ha afectado y no nos hemos dado cuenta. Es preferible que descanses un poco antes de que vayamos a casa de tu padre. Con este frío, con esta nieve... Sí, una siestecita te sentará de maravilla.

—No, no, si estoy muy bien —dije, poniendo cara de buena.

—Muy bien tampoco —dijo ella—, te noto cansada. Muy cansada.

De pronto, me empecé a notar muy cansada. Me pesaban mucho los párpados.

—Me ha entrado sueño de repente —dije.

—Normal, después de la nochecita que has pasado —contestó Jara—. Ven, ¿por qué no te sientas conmigo un rato junto al fuego?

—Es que no me gusta mucho el fuego...

—Anda, anda, a todas las niñas del mundo les gusta el fuego.

Jara me agarró muy suavemente de la mano y me llevó junto a la chimenea.

Empecé a pensar que ese zumo de arándanos...

¿Quién toma zumo de arándanos?

Yo lo tomo de naranja.

No. Aquí pasaba algo raro.

Ese zumo tan amargo... Ese zumo tenía algo dentro.

Un veneno.

O un somnífero.

O algo.

No era normal tener tanto sueño de un momento a otro.

—Ven, querida niña —insistió Jara.

No podía resistirme. Apenas tenía fuerzas para mantenerme en pie, así que me dejé llevar por aquella mujer, fuese quien fuese.

Pude sentir las llamas de la chimenea cerca de mí.

Su calor.

¿Acaso iba a asarme allí directamente?

—Nunca antes te había visto —le dije mientras me sentaba junto a ella.

—Podría decirse que estoy recién llegada. Nací en el pueblo. Viví aquí unos años, pero a mi padre lo trasladaron a la ciudad y... Bueno, es una historia muy larga. Resumiendo: he vuelto.

He vuelto.

La inscripción del árbol.

Sin duda la había hecho ella.

Sin duda era la bruja.

Y sin duda quería vengarse de mí.

Miré al fondo, en la esquina, unos metros más allá, el horno.

—Es el horno —dije, señalándolo.

—Lleva ahí desde que llegué. Nunca lo he abierto, ni lo he encendido. Ni siquiera sé si funciona —dijo ella.

¡No iba a engañarme!

¡Aquel era el horno donde yo la había encerrado tres años antes!

¡Nunca tendría que haber regresado a ese lugar!

¡Y aún menos haber abierto el horno!

Sin embargo, ya era demasiado tarde.

Noté que el cuerpo entero me pesaba muchísimo.

Jara se sentó en la mecedora y yo, en el taburete.

—Así que fuiste tú la que metió a esa bruja en el horno —comentó Jara, comenzando a mecerse.

La observé mientras me quedaba medio dormida.

Bajo su apariencia tierna y dulce, en realidad me estaba interrogando; quería saber qué había pasado la última vez con la bruja.

—Bueno, tampoco te creas... No fui yo exactamente... —intenté decir, con las últimas fuerzas que me quedaban—. En realidad la bruja se tropezó, se cayó sola, eso es... Yo intenté ayudarla porque una bruja también es un ser humano... más o menos..., pero es que el horno estaba muy caliente, la puerta se atascó y quemaba y... y...

—Yo soy más de chimeneas y de parrillas que de hornos —soltó ella—. Prefiero asar la carne al aire libre.

Jara me taladró con sus ojos verdes cristalinos.

—Las paredes... son de caramelo. Se van a derretir con el fuego —comenté con poco ánimo.

—Paredes de caramelo. ¿No te encanta el caramelo? —Jara puso su mano en mi pierna—. La puerta es
de regaliz. Es una cabaña muy especial. Muy original.
Por eso vivo aquí.

—¿Por qué has vuelto? —pregunté, cerrando los
párpados.

Apenas pude escuchar su respuesta:

—Este es mi sitio. He vuelto
para quedarme.

Eso fue lo que dijo.

O tal vez no dijo nada y
simplemente lo soñé.

Lo que sí sé es que me quedé dormida.

Profundamente dormida.

Cuando volviera a desper-
tar, ya nada sería igual.

10

Un pájaro de color amarillo picoteaba en la ventana.

Golpeaba su pico contra el marco haciendo un ruido continuo: pic, pic, pic.

Me acababa de despertar.

Abrí del todo los ojos.

El pájaro parecía querer entrar en la habitación.

Pic, pic, pic.

Era un pájaro muy pequeño.

Como un gorrión.

Pero con el plumaje amarillo.

Y un pico muy largo.

Podría decirse que aquel pico era un arma de primera.

Pic, pic, pic.

Nunca había visto un pájaro así en toda mi vida.

Fui a levantarme para tocarlo...

Y entonces me di cuenta.

Estaba en una habitación que no conocía de nada.

En una cama enorme.

¡Y estaba atada a los barrotes de la cama!

—¡Socorro! —grité, sin pensarlo—. ¡Ayuda! ¡La bruja me ha hecho prisionera!

Al escuchar los gritos, el pájaro se alejó de la ventana.

—No, no, pajarillo..., no te vayas... —intenté decir en balde.

El pájaro de color amarillo salió volando.

Me tranquilicé un segundo.

A ver, tenía las dos manos atadas con unas cuerdas a una cama enorme que no conocía de nada.

Lo último que recordaba eran los ojos de Jara observándome.

¿Podía una bruja tener unos ojos tan bonitos?

¿La guardabosques era en realidad una bruja que se comía a las niñas perdidas en el bosque?

¿Era una casualidad que Jara hubiera aparecido justo después de que yo abriera el horno?

¿Se había pasado tres años dentro de aquel horno y ahora había regresado en forma de Jara para comerme?

¿Cómo era posible que estuviera otra vez atrapada en la misma cabaña del bosque?

¿Estarían mi padre y mi hermano y todos los del pueblo buscándome?

No tenía respuestas a nada de eso.

Sin embargo, la pregunta más importante era: ¿cómo podía escapar de allí?

Miré a mi alrededor.

Aparte de la cama, en la habitación había una cómoda con varias bandejas... ¡llenas de comida! Rosquillas, tarta, mermeladas, golosinas, y muchas más cosas.

Aquello era un festín.

Si no hubiera estado atada y prisionera, quizá me habría apetecido probar una de aquellas rosquillas con azúcar blanca, pero mi situación no era para andar pensando en dulces precisamente.

Traté de tirar con fuerza de las cuerdas.

Nada.

Los nudos no cedieron ni un milímetro.

Aun así, no me di por vencida.

Ya he dicho antes que soy muy buena en gimnasia. Así que se me ocurrió una cosa.

Tal vez podría darme la vuelta sobre mí misma, apoyar los pies contra la pared, y empujar con fuerza.

De esa forma, podría conseguir que la cama se moviera. Y quedarme de pie entre la cama y la pared.

Tenía que intentar lo que fuera.

Me concentré mucho.

Giré sobre mí misma y me puse boca abajo, con los pies apoyados en la pared.

Entonces empujé con todas mis fuerzas.

La cama se movió. Muy poco, pero se movió.

Apreté los dientes y volví a intentarlo.

¡Era muy difícil y la cama solo se movía unos pocos centímetros!

Después de un rato empujando, decidí parar.

Estaba agotada.

Desde mi postura, se podía ver la ventana entreabierta donde hace un momento el pájaro había estado golpeando.

Ya no nevaba.

Unos rayos de sol entraban en la habitación.

Si pudiera llegar hasta esa ventana...

Metí la cabeza un poco más, de tal forma que tenía la parte trasera del tronco apoyada sobre la cama.

Así podría hacer más fuerza con los pies.

Empujé con todo el cuerpo, con las piernas, con los brazos atados, con el tronco, incluso con la cabeza.

Vamos, vamos, vamos...

La cama ahora sí parecía moverse más y más.

Lo estaba consiguiendo.

¡La cama se movía!

—¡¿Te has vuelto loca?!

Justo en ese momento, apareció Jara en la puerta de la habitación.

—¿Te has vuelto completamente loca?

Desde mi extraña y retorcida posición, no sabía qué contestar.

—Es que...

—Ni es que ni gaitas —dijo ella enfadada—, te dejo sola un momento y mira la que lías.

—Ya —intenté explicarme—, es que me he despertado y, como he visto que estaba atada, pues...

—Pues has decidido romper la cama y hacerte daño con esa postura, ¿no? ¿Es eso? ¿Te parece normal?

No sabía qué contestar.

Ella me había atado a una cama.

Y resulta que era yo la que tenía que dar explicaciones.

Empezó a dolerme el cuello un poco.

Aún seguía boca abajo, y no podía moverme.

—¿Te importaría ponerme otra vez bien tumbada? —pregunté.

—Ahora sí quieres que te ayude, ¿verdad? —dijo Jara desde la puerta.

—Si no te importa...

—¿Prometes que no vas a volver a hacer tonterías?

Qué otra cosa podía hacer.

—Claro, lo prometo —dije.

Jara me ayudó a darme la vuelta sobre la cama y a tumbarme.

Cuando terminó, empujó de nuevo la cama a su posición original.

—¿Tienes hambre? —me preguntó.

—No mucha —dije.

—Pues hay que alimentarse, Gretel, no puedes vivir del aire —dijo, convencida, y se acercó a la cómoda—. ¿Prefieres unas rosquillas o un poco de tarta de jengibre?

—Nunca he probado la tarta de jengibre —admití, curiosa.

—Pues está buenísima, ya verás como te encanta —se animó Jara.

Cortó una enorme porción y la puso en un plato.

A continuación se acercó a la cama y comenzó a darme la tarta con una cucharita.

—Gracias —dije, masticando.

Era una situación muy rara.

Se suponía que ella me estaba cuidando.

Sin embargo, yo sabía que, bajo aquel aspecto de chica simpática e inocente, se encontraba la bruja.

Estaba segura.

Pero no podía decirlo.

Me iba metiendo la tarta en la boca a base de grandes pedazos.

—Ah, mientras dormías, he ido a ver a tu padre —me soltó.

—¿Qué? —pregunté muy sorprendida—. ¿Has ido a ver a mi padre?

—Todo está cubierto de nieve. Cuatro palmos, por lo menos. He tenido que ir en trineo, con los lobos.

—Pero ¿has visto a mi padre? ¿Dónde está?

—Pues no ha podido venir, porque tiene mucho trabajo —respondió ella, limpiando las miguitas de tarta que habían caído sobre la cama—, y además está muy enfadado contigo, eso ya te lo advierto.

—¿Y qué ha dicho? —pregunté nerviosa.

—Ha dicho que mejor que te quedes aquí conmigo unos días, hasta que te recuperes del golpe y se le pase el enfado —dijo Jara con una sonrisa de oreja a oreja—, y yo estoy de acuerdo con él. ¿Dónde vas a estar mejor?

Me quedé en silencio.

Era una mentirosa.

No había ido a ver a mi padre.

Me había secuestrado.

Me estaba cebando.

Quería comerme.

Era una bruja.

—¿Qué te parece, Gretel? ¿A que es muy buena idea? Tú y yo aquí solas unos días, ya verás qué bien lo pasamos.

—Si tú lo dices —respondí masticando el último trozo de tarta.

—Voy a preparar la cena —dijo ella.

—¿La cena? ¿Qué hora es?

—Pronto o tarde. Según se mire. Según para qué.

Cuando estaba a punto de salir, hice un intento de seguirle la corriente.

—Oye, Jara, y ya que voy a estar aquí unos días, ¿no sería mejor que me soltaras? Es que esto de estar atada es un poco raro, ¿no crees?

—¿Que te suelte? Anda, qué graciosa —respondió, riéndose—. ¿Cómo te voy a soltar? Imagina que se te ocurre otra vez la tontería esa de escaparte al bosque y buscar a la bruja para demostrarles a todos que eres muy valiente. No puede ser; de momento estás mucho mejor atada y bien atada, hasta que aprendas la lección.

Jara salió sin cerrar la puerta.

Mientras bajaba las escaleras, aún pude escuchar su voz:

—Cualquier cosa que necesites, pegas un grito y subo enseguida. Estaré abajo limpiando la escopeta.

—Gracias —dije.

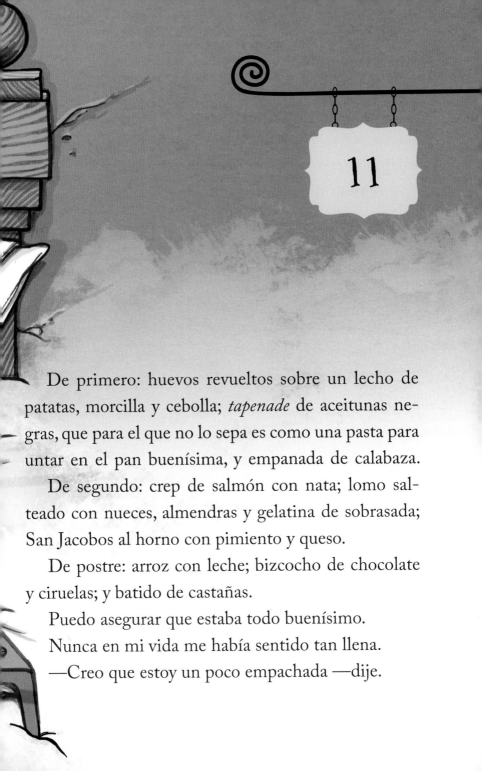

11

De primero: huevos revueltos sobre un lecho de patatas, morcilla y cebolla; *tapenade* de aceitunas negras, que para el que no lo sepa es como una pasta para untar en el pan buenísima, y empanada de calabaza.

De segundo: crep de salmón con nata; lomo salteado con nueces, almendras y gelatina de sobrasada; San Jacobos al horno con pimiento y queso.

De postre: arroz con leche; bizcocho de chocolate y ciruelas; y batido de castañas.

Puedo asegurar que estaba todo buenísimo.

Nunca en mi vida me había sentido tan llena.

—Creo que estoy un poco empachada —dije.

—No te preocupes, cariño —dijo Jara—, eso es buena señal. Si es que entre unas cosas y otras, te estabas quedando en los huesos.

—Como siga comiendo así, voy a engordar más de un kilo cada día —suspiré.

—Exactamente un kilo y novecientos gramos al día —afirmó Jara sonriendo—. No te pienses nada raro, lo tengo calculado porque es una afición que tengo: me encanta la cocina y también la nutrición. Estás en las mejores manos.

Yo la miré pensando: «A ti lo que te encanta es cebar a los niños y las niñas como yo y luego comértelos».

Sin embargo, en lugar de eso, dije:

—Qué bien, Jara, qué suerte he tenido.

Había decidido cambiar de estrategia: era mejor llevarme bien con ella. Así podría aprovechar cualquier descuido para intentar escapar.

La cena me la había servido en la cama.

Me había desatado una mano (solo una) para que pudiera comer.

—Bueno, pues ahora, si te parece bien, te voy a volver a atar —dijo—, para que no te entre la tentación de escaparte.

—Claro, claro, es lo mejor —dije yo—. Te agradezco que cuides de mí, Jara, de verdad. Te lo agradezco muchísimo.

Jara empezó a atarme de nuevo.

—Esto..., perdona que te moleste —dije—, ¿puedo ir al baño un momento antes de que me ates del todo?

Ella me miró desconfiada.

—¿No querrás ir al baño para intentar huir?

—No, no, no, no, no, ¿cómo puedes pensar eso?

Las dos nos reímos.

—Está bien —dijo—, te voy a soltar, pero promete que te vas a portar bien.

—Lo prometo.

Mientras lo prometía, crucé los dedos de los pies, que es una cosa que me ha enseñado mi hermano.

El cuarto de baño también estaba en la planta superior de la casa.

—¡No me muevo de aquí! —gritó Jara desde el otro lado de la puerta—. ¡Si necesitas algo, me avisas!

«Lo que necesito es salir de aquí. Y que dejes de darme todas esas comidas tan ricas y cebarme. Y...».

Me miré en el espejo.

Hacía veinticuatro horas aproximadamente según mis cálculos que me había escapado de mi casa. Sin embargo, me noté distinta.

Como si tuviera algo diferente en el rostro.

Como si fuera otra.

Estaba mirándome, y pensando en eso, cuando de pronto...

¡Sonó el timbre de la casa!

Me quedé parada.

¿Quién sería?

El timbre volvió a sonar.

Silencio.

¿Quién podía ser?

A los pocos segundos, el timbre sonó por tercera vez.

En susurros, desde el otro lado de la puerta, Jara me dijo:

—Voy a bajar a abrir. No me da tiempo a atarte. No se te ocurra moverte de aquí, ni abrir la boca. ¿Estamos?

Parecía nerviosa.

—Sí —respondí.

Escuché cómo Jara bajaba los escalones.

Podía ser mi oportunidad.

Me pegué a la puerta del baño para escuchar.

Oí ruidos.

Y voces.

Pero no se distinguían bien.

Tenía que actuar deprisa.

Opción número uno: abrir la puerta y pedir socorro, aprovechando que alguien había entrado en la casa.

Opción número dos: asomarme muy despacio para intentar ver quién era.

En la opción número dos, corría el riesgo de que la persona que había llegado se marchara y no me diera tiempo de pedir ayuda.

Aun así, abrí la puerta muy despacio.

Ahora se podían escuchar mejor las voces.

Era Jara la que hablaba.

Dijo:

—Qué bien que hayas venido... ¿Te gusta?

—Está muy bueno, gracias.

—Es zumo de arándanos. Tiene muchas vitaminas y con este frío... ¿Seguro que no quieres quedarte un rato y tomar algo más? Tengo palmeritas de mantequilla y coco.

—No, no —respondió la otra voz—, tengo que seguir buscando.

¿Buscando?

¿El qué?

¿O a quién?

Di unos pasos y, desde lo alto de la escalera, a través de los barrotes, pude ver de quién se trataba.

Era mi padre.

¡Mi padre!

¡Estaba allí en medio!

El corazón me dio un vuelco de alegría.

Sin dudarlo ni un segundo, me puse en pie y grité:

—¡Papá, ten cuidado: esa mujer es la bruja! ¡Es muy peligrosa! ¡Y tiene una escopeta!

Mi padre se giró hacia arriba.

—Gretel —dijo muy sorprendido al verme.

Ya no pudo decir nada más.

Porque justo en ese momento, mi padre cayó desplomado al suelo.

—¡Papá, papá, papááááááá!

Jara se acercó a él inmediatamente.

Parecía muy enfadada.

Pero me dio igual. Le grité:

—¡Has envenenado a mi padre! ¡Le has dado de beber esa cosa! ¡Bruja! ¡Bruja asquerosa!

Jara me señaló con el dedo índice.

Y dijo furiosa:

—¡Lo has estropeado todo!

12

Sin pensarlo ni un segundo, me lancé escaleras abajo gritando:

—Aaaaaaaaaaaaaaaaaaaaaaaaaaaaaaah...

Jara se quedó tan sorprendida por mi reacción, que no le dio tiempo ni a moverse.

Me abalancé contra ella con todas mis fuerzas.

Y caímos las dos al suelo.

—¡Nunca más vuelvas a envenenar a mi padre con zumo de arándanos ni con ninguna otra cosa! —grité, mientras la agarraba del pelo y tiraba y le daba manotazos—. ¡Nunca más o te las tendrás que ver conmigo!

Jara reaccionó al fin.

Me agarró de las manos.

Me empujó.

Me arrastró por el suelo.

Y me puso sobre una silla sujetándome del cuello.

—Tres cosas te voy a decir —dijo—. Punto número uno: no me tires del pelo o te estiraré la lengua hasta hacerte daño.

Respiré hondo, sin decir nada.

—Punto número dos —siguió—: no soy una bruja. ¿No te parece que, si fuera una bruja, a estas alturas ya te habría lanzado algún hechizo? ¿Crees que si fuera una bruja de verdad habría permitido que te abalanzases sobre mí?

La miré pensando en lo que acababa de decir.

—Y punto número tres —dijo para terminar—: ¿es que en esta familia no os podéis quedar tranquilos en casa? Está nevando y hace un frío horrible. ¿Dónde se supone que iba tu padre? Y encima venía sin gorro ni bufanda. Estoy segura de que ni ha comido. Es normal que le haya dado un soponcio. De verdad que sois muy pesaditos. Yo no he envenenado a nadie.

No pensaba contestarle. Ni decirle nada.

Me daba igual lo que hiciera o lo que dijera.

Me había secuestrado a mí. Y luego, había envenenado a mi padre. No tenía ninguna duda.

En cuanto pudiera, volvería a saltar sobre ella. La arañaría, le tiraría del pelo, pelearía hasta que la venciera.

De momento no pude hacer nada de eso.

Delante de mis narices, Jara ató a mi padre con las manos en la espalda.

—Lo hago por su bien. No voy a permitir que nadie ande deambulando por ahí con este frío y tan poco abrigado —dijo, mientras terminaba de hacer un nudo.

Después le dejó allí tirado en el suelo, atado, y me obligó a subir de nuevo a la habitación.

Me ató a la cama. Y sacó de su bolsillo un rollo de esparadrapo.

—Esto te lo has buscado tú solita. Podríamos estar tranquilamente junto al fuego. Podría contarte unos cuentos maravillosos. Incluso podríamos haber jugado al parchís. Yo confiaría en ti y todos seríamos un poco más felices. Pero no podías hacer caso por una vez. Pues mira el resultado.

Jara cortó con sus dientes un trozo de esparadrapo.

Esta vez no solo me ató de pies y manos a la cama. Esta vez también me tapó la boca.

—Si necesitas algo, ya no me podrás llamar, así que vendré yo a verte de vez en cuando —dijo—. ¿Quieres decir algo, una última cosa? En cuanto te pegue esto a la boca, ya no podrás hablar.

Ya sé que había dicho que no iba a hablarle nunca más.

Pero no pude evitarlo.

Dije:

—Ya te vencí una vez. Y volveré a hacerlo, maldita bruja.

—Qué perra te ha dado —contestó—. Que no soy la bruja, a ver si se te mete en la cabeza.

Me puso la mordaza con fuerza y me dejó allí atada y sin poder hablar.

Con la luz apagada.

Y la puerta cerrada con llave.

Escuché algunos ruidos en el piso de abajo.

Tal vez estaba moviendo el cuerpo de mi padre.

No sé lo que haría con él.

Pero allí en la oscuridad..., atada, amordazada, indefensa, me hice una promesa: conseguiría liberarme, salvaría a mi padre, y le daría su merecido a Jara, fuese o no fuese la bruja.

Esa es la promesa que me hice.

Y esta vez no crucé los dedos de los pies.

Cosas que me dan repelús:

Raspar la pizarra con las uñas.

Que mi hermano haga ruido al comer.

Pisar la alfombra con los calcetines puestos.

Rayar un plato con un tenedor.

Morder tela.

Y por encima de todo: los ratones.

Los ratones me dan mucho mucho repelús.

Mientras estaba tumbada en aquella cama enorme, con las manos atadas a los barrotes, indefensa..., un ratón con la cola muy larga olisqueaba las migas de pastel que habían quedado por el suelo.

Las olisqueaba y se las comía.

¡Un ratón de verdad!

Era marrón.

Tenía el pelo de punta y movía el hocico de un lado a otro con mucha velocidad.

Estaba muy muy cerca de mí.

Yo quería gritar, pedir ayuda.

Pero tenía la mordaza puesta.

Recordé las palabras de Jara: «Si necesitas algo, ya no me podrás llamar».

Nadie iba a venir a echar a ese ratón.

Intenté moverme.

Espantarle.

Entonces me di cuenta de lo que estaba ocurriendo.

Un momento.

El ratón empezó a roer las cuerdas.

Puede que tuvieran sabor a jengibre o a ciruelas.

O puede que estuviera tan hambriento que cualquier cosa le supiera a gloria.

No lo sé.

El caso es que mordía las cuerdas con ganas.

Yo me moría del repelús.

Pero al mismo tiempo le animaba a continuar, sin moverme, susurrando bajo la mordaza:

—Vamos, vamos, ratoncito, tú puedes, vamos.

El ratón seguía mordiendo y mordiendo.

Se ve que le encantaba aquella cuerda.

Cuando me quise dar cuenta..., ¡me había soltado una mano!

Aquel ratón me había liberado.

—Gracias, ratoncito. Me das un poco de repelús pero te estoy muy agradecida.

El ratón me miró con indiferencia y se fue por un hueco de la pared.

Rápidamente, me solté el resto de las cuerdas.

Y me quité la mordaza.

A continuación me incorporé despacio.

Muy despacio.

Primero un pie.

Luego, otro.

Los muelles de la cama rechinaron un poco.

Esperé unos segundos antes de ponerme en pie.

No se escuchaba nada al otro lado de la puerta.

¿Qué habría pasado con mi padre?

Lo primero era huir de allí. Y regresar cuanto antes con refuerzos para rescatarle.

Me levanté.

Estaba descalza.

Caminé hacia la ventana.

Era la única escapatoria.

Poco a poco.

De puntillas.

Sigilosamente.

Llegué hasta la ventana.

Tiré de la madera.

Estaba muy dura.

Yo intentaba no hacer ruido.

Y lo conseguí.

Cuando me quise dar cuenta, el aire frío me golpeó en la cara.

Nunca antes me había gustado tanto esa sensación.

Aire frío...

Puro.

Aire...

Di un saltito para apoyarme sobre el alféizar.

No estaba muy alto.

Solo tenía que bajar despacio, agarrada a los troncos de madera que cubrían la casa.

Y si me caía...

Por suerte estaba todo nevado.

Como mucho, me haría un chichón.

Otro.

No pasa nada.

Una pequeña cicatriz en la frente si acaso.

Era peor que la bruja me comiera.

Mucho peor.

Me senté en el borde de la ventana.

El brazo derecho bien aferrado a un tronco.

El pie apoyado sobre un pequeño saliente.

Cuando de repente... se escucharon unos gruñidos horribles.

Abajo, sobre la nieve, había diez lobos enormes.

Blancos y grises.

Lobos que parecían bestias salvajes.

Empezaron a gruñirme y a mostrarme sus colmillos.

Abrían sus mandíbulas muchísimo.

Yo me asusté.

Me asusté mucho.

—¿Gretel?

Sin duda, Jara había escuchado los ruidos.

No tardó en llegar al jardín.

—¡Gretel! ¿Qué haces ahí arriba? Métete dentro. ¿Sabes el daño que puedes hacerte si te caes?

Y además, ya te he dicho que son lobos domésticos, pero lobos al fin y al cabo, y muy peligrosos —me dijo desde abajo—. ¡Lo tuyo es el colmo, de verdad!

Aquellos animales no tenían ninguna pinta de ser domésticos.

Parecían auténticas bestias salvajes.

Hambrientos.

Y en una cosa tenía razón Jara: tenían pinta de ser muy muy peligrosos.

Entré de nuevo en la habitación.

Lo hice tan deprisa que me caí al suelo.

Desde allí miré hacia la puerta de la habitación y me puse delante.

—¡Gretel! ¡Voy a abrir la puerta ahora mismo!

Esta mujer era tan rápida como un rayo.

Tanto, como el humo.

Sí, como el humo amarillo que salió del horno.

Era muy rápida porque... no era humana.

Era una bruja.

La bruja.

Por mucho que lo negara.

—Cuando abra esta puerta, vamos a tener una conversación muy seria tú y yo, señorita —dijo mientras hacía girar el picaporte.

—¿Dónde está mi padre? ¿Qué has hecho con él? ¿Por qué quieres comerme? —dije yo empujando.

No peso mucho, pero no se lo iba a poner fácil.

Aguantaría todo lo que pudiera.

De repente, el pomo dejó de girar y los pasos de Jara se alejaron por el pasillo.

¡Bien!

Había ganado un poco de tiempo. Tenía que pensar otro plan.

¿Pero cuál?

¿Ventana y lobos?

¿Puerta y bruja?

Entonces escuché pasos de nuevo.

Jara se aproximaba al dormitorio con el manojo de llaves y a saber qué más.

Al chocarse las llaves unas contra las otras, sonaban: clong, clong, clong...

—Gretel, has acabado con mi paciencia. He tomado una decisión.

La cerradura se movió y noté un empujón.

Me aparté de la puerta y busqué un objeto contundente por todas partes.

Lo único que encontré fue mi bota con la hebilla de metal.

Y justo antes de que Jara entrara y me comiera sin miramientos..., un pájaro amarillo entró por la ventana.

El pájaro pareció mirarme, lo prometo.

A continuación revoloteó dentro de la habitación y golpeó con su pico la puerta del armario.

Pic, pic, pic.

Tres veces.

Entonces la puerta del armario... se abrió.

Yo me metí dentro.

Y la cerré.

14

—¡Gretel! ¡Gretel! ¡Greeeeeetelllll!

Todavía podía escuchar los gritos de Jara.

Estaba ahí mismo. Al otro lado del armario.

Sin embargo, su voz sonaba lejana.

El pájaro amarillo, el que tal vez acababa de sal-
varme la vida, revoloteaba alrededor de mi cabeza,
dentro del armario.

Dio tres vueltas.

Me rozó la cara con sus plumas.

Y se perdió en la oscuridad.

Y cuando digo oscuridad, me refiero al negro más
absoluto.

Me refiero al regaliz negro.

Me refiero al carbón.

Me refiero al color de las hormigas.

Cuando digo que estaba a oscuras, quiero decir que no se veía nada.

Nada de nada.

Di un paso.

Y otro.

Y otro.

Iba con los brazos extendidos.

Como una sonámbula, pero con los ojos abiertos.

Aunque el hecho de que tuviera los ojos abiertos no quiere decir nada porque, como digo, no se veía ni torta.

Todo estaba ocurriendo dentro del armario.

De repente, palpé una pared.

Pensé: «Es la pared del armario. Voy a quedarme encerrada en un armario hasta que...».

Mejor no pensarlo.

Hay gente que tiene claustrofobia, gente que se pone nerviosa cuando se mete dentro de un sitio pequeño y cerrado.

Ese armario era un sitio pequeño.

Muy pequeño.

Tan pequeño que es el único lugar que se me ocurre donde era imposible perderse.

Aunque yo no tenía claustrofobia ni nada por el estilo, en aquel momento...

En aquel momento sí notaba que me faltaba el aire.

Notaba que me quedaba sin fuerzas.

Me acordé de mi padre.

Pensé que tenía que salvarle.

También pensé en mi hermano Hansel.

Ojalá estuviera allí. Aunque luego la gente dijera que yo solo era la hermana pequeña.

Ojalá no me hubiera escapado de casa.

Me enfadé un poco.

Y me puse triste también.

De pronto tenía ganas de llorar.

Iba a agacharme, a quedarme ahí en una esquina el tiempo que hiciera falta.

Escuché de nuevo la voz de Jara. Llamándome.

—¡Greteeeeeeel!

No tenía escapatoria.

Puse mi mano de nuevo sobre la pared, preparándome para lo que fuera.

Y entonces...

Noté que la pared era blanda.

Era tan blanda como unas cortinas.

Tan blanda que podía traspasarla con la mano.

Y es que ese sitio donde estaba, aquel habitáculo pequeño, aquel lugar... no era un armario.

Era un pasadizo secreto.

15

Ya no escuchaba a Jara.

No escuchaba sus gritos.

Ni sus golpes aporreando la puerta.

Bajo mis pies se extendía una enorme escalera de caracol.

Los peldaños eran de piedra y estaban húmedos.

Las paredes tenían grietas por donde se colaba algo de luz.

Del techo caían gotas.

—Hooooolaaaaa.

Nadie contestó.

Solo el eco: «Hooooolaaaaa. Hooooolaaaaa. Hooo-oolaaaaa».

Tenía los pies helados.

Iba descalza.

Y la piedra resbalaba.

Cada vez que pisaba un peldaño, tenía que asegurarme de que el pie estaba lo suficientemente agarrado al suelo.

No había barandillas ni nada que se le pareciera. Solo una enorme escalera de caracol.

Me pareció oír algo.

—¿Hola? —les pregunté a las paredes.

Y esta vez, además del eco, el pasadizo, o la cueva, o lo que fuera aquello me devolvió otro sonido.

Un sonido parecido al de los grillos.

Uno que yo no había escuchado jamás.

A lo lejos, una oscura nube se acercaba.

Eran...

¡¡¡Murciélagos!!!

Me agaché.

Puse las manos sobre la cabeza y me tapé los oídos y luego los ojos, y los oídos y los ojos...

No sabía si era peor el ruido o ver tantos murciélagos volando justo encima de mí.

Me quedé ahí.

Un buen rato.

Hasta que aquella nube de murciélagos se alejó.

Hasta que dejé de escuchar ese sonido tan desagradable.

Cuando volví a alzar la vista, el pajarito, ese pajarito amarillo de suave plumaje y de pico enorme, revoloteaba alrededor de mí.

Tres vueltas.

Y siguió hacia delante.

Pero esta vez se detuvo a esperarme.

Yo le seguí.

De repente no me sentía tan sola.

Bajaba los peldaños.

351...

352...

De uno en uno.

354...

356...

358...

De dos en dos. Con cuidado de no caerme, pero de dos en dos.

El pájaro piaba.

Y 360.

Había bajado 360 escalones.

Había llegado al principio, o al final, según se mire, de aquella escalera de caracol.

Ahora solo se veía un pasillo.

Un pasillo muy largo.

Por el techo entraba algo de luz.

Se veía todo de color verde y blanco.

Creo que estábamos debajo del suelo.

Creo que el verde era la hierba del campo.

El blanco, la nieve.

Y creo que esas gotas que caían era la nieve deshaciéndose.

Miré al pajarito.

Le dije:

—Cuando llegue al final del pasillo, habrá otra escalera. Y la subiré y estaré en la superficie. Y ayudaré a mi padre a escapar. Y llegaré a mi casa. Y abrazaré a mi hermano. Y no volveré a escaparme en pleno invierno en mitad de la noche.

El pájaro no dijo nada, claro.

Piaba y seguía adelante, como si me estuviera guiando.

Lo que había al final del pasillo no era una escalera.

Lo que había era una habitación.

Enorme.

Inmensa.

Circular.

Una gran habitación con paredes de color marrón.

Paredes que... se derretían.

En el centro, una hoguera.

Sobre la hoguera, una olla gigantesca.

Al fondo...

Al fondo, una enorme silla de madera; casi parecía un trono.

—Te estaba esperando —dijo una voz ronca.

El pájaro se posó sobre la mecedora.

Sus plumas amarillas empezaron a difuminarse y se convirtieron en humo, el humo amarillo que había visto antes. Después de abrir el horno.

El humo fue tomando una forma extraña, una forma... de bruja.

Yo no podía pronunciar palabra.

Estaba perpleja.

El pájaro..., el humo amarillo..., era...

¡La bruja!

Con su nariz alargada.

Con sus dientes separados.

Con su espalda encorvada.

—Creía que la bruja..., creía que era... —dije yo—, creía que Jara...

La bruja se levantó de la silla.

Y me señaló con la mano.

Tenía las uñas muy largas, como si fueran garras.

—Gracias por liberarme. Dentro del horno hacía calor, mucho calor... —murmuró la bruja—. Tres años dentro de un horno son muchos años. He vuelto y, esta vez, querida niña, no te vas a poder escapar.

La bruja se acercó mucho a mí.

Repitió:

—No te vas a poder escapar por una razón muy sencilla: porque no hay escapatoria.

Y se echó a reír.

Tenía una risa muy desagradable, la verdad.

Su aliento era horrible.

Cuando se acercó a mí, creía que me iba a desmayar del olor.

Había otra cosa que me llamó mucho la atención de la bruja: tenía las venas muy hinchadas.

En sus manos.

En su cuello.

En su rostro.

Eran unas venas muy gruesas, a través de las cuales podía verse y sentirse su sangre oscura palpitando con fuerza.

Dejó de reírse de golpe y me dijo muy cariñosa:

—Además, ¿dónde vas a estar mejor? Si aquí estamos tan a gustito.

¿«Estamos»? ¿No lo diría por mí?

Yo no estaba nada a gusto en ese lugar horrible.

—¡Gretel!

Detrás de mí, alguien pronunció mi nombre.

Me giré.

Allí estaba.

A unos pocos metros de mí.

—¡Hansel!

Era mi hermano.

Estaba metido en una jaula. Atado a una silla. Una jaula con barrotes de hierro.

Pero bueno, ¿es que estaba allí toda mi familia?

Y yo sin enterarme de nada.

—Hansel, ¿qué ha pasado? —pregunté.

—Papá se fue a buscarte al bosque... y, como no volvíais ninguno de los dos, yo también salí... Pero ahora no hay tiempo de explicaciones —respondió Hansel—. Huye. ¡Corre antes de que la bruja te meta en una jaula!

Demasiado tarde.

Una mano fría se había posado sobre mi hombro.

—Otra vez los tres juntitos —dijo la bruja—. Qué alegría. Hagamos un brindis por los viejos tiempos.

Y metió el cazo en la olla.

Sacó un líquido viscoso hirviendo, y dio un pequeño sorbo.

Pensé que se iba a abrasar la garganta.

Pero en lugar de eso, dijo:

—Hummmmmmmm..., está en su punto perfecto de ebullición.

A continuación, me agarró del brazo.

Sus dedos eran largos y sus uñas puntiagudas.

De su boca salía un vaho amarillento.

Me llevó hasta el trono de madera y empezó a descorrer una cortina negra que rodeaba toda la habitación.

Todavía siento escalofríos al recordar lo que había detrás de esa cortina: ¡un montón de jaulas!

No sé cuántas.

¿Cincuenta?

¿Cien?

Muchas.

Jaulas con barrotes fríos y oscuros.

Todas las jaulas estaban vacías.

—Algún día —dijo la bruja—, todas esas jaulas estarán llenas. De niños. Y de niñas. Curiosos como tú. Que entren en el bosque.

Yo di un paso atrás.

Solo imaginar aquellas jaulas llenas de niños y niñas me hizo sentirme mareada.

—A lo mejor otros niños y niñas vienen a buscarte, igual que tu hermano, y entonces... —dijo la bruja—, entonces... ¡les daré la bienvenida!

La bruja volvió a reírse.

La verdad es que para ser una bruja se reía mucho.

—No te rías tanto —dijo Hansel—, mi padre está de camino. Vendrá a liberarnos. Y te dará tu merecido.

Yo iba a decirle a mi hermano que eso no iba a ocurrir, que nuestro padre estaba atado.

Pero la bruja se me adelantó.

—Tu padre, querido Hansel, está durmiendo muy plácidamente. Creo que tardará mucho tiempo en despertarse y, cuando lo haga, yo ya habré saciado mi apetito. No te imaginas cuánta hambre tengo. Llevo tres años esperando.

En ese momento el líquido de la olla empezó a burbujear.

Chop, chop, chop.

—¿Nos vas a comer a los dos? —pregunté.

—Había pensado empezar por el más tierno —contestó, mientras le daba vueltas a la olla con un cazo gigantesco.

Después se giró, relamiéndose.

—¿Cuál de vosotros es el más tiernecito? —me preguntó—. ¿Tu querido hermano...? ¿O tú misma?

Pensé que después de hacer esa pregunta se iba a reír otra vez.

Pero en lugar de eso, la bruja se puso muy seria.

Y volvió a meter el cazo en la olla. Como si estuviera a punto de tomar una decisión muy importante.

Observé a mi hermano dentro de la jaula.

Miré también el resto de las jaulas vacías a nuestro alrededor.

Tenía muchas ganas de llorar.

De desaparecer de allí.

De despertar y que alguien me dijera que todo había sido un sueño.

Pero no.

Aquello era real.

Y yo tenía que hacer algo.

No podía quedarme de brazos cruzados mientras la bruja se salía con la suya.

Entonces tuve una idea.

Seguramente era una tontería.

Pero tenía que intentarlo.

Miré a la bruja. Y le dije:

—Piedra, papel, o tijera.

16

—Si eres una auténtica bruja, no podrá ganarte una niña pequeña —dije.

Ella me miró con curiosidad.

—¿De qué estás hablando? —me preguntó.

—Del mejor juego del mundo —afirmé convencida—. Piedra, papel o tijera.

—Escucha, mocosa, soy hija de bruja, nieta de bruja, biznieta de bruja. Es imposible que tú me ganes a ningún juego. Pero de todas formas no voy a jugar, no me vas a engañar como la última vez. No necesito ganarte ni demostrar nada. Además, no tienes nada que apostar. Ya tengo todo lo que quiero.

Me volvió a agarrar del brazo con fuerza.

—Decidido —dijo—, voy a empezar contigo.

—Espera, espera un segundo por favor —dije yo, empujando para que me soltara—. ¡Hay una cosa que no tienes!

—¿De qué estás hablando?

—Te falta algo muy importante. Te faltan niños y niñas para llenar esas jaulas.

Ahora sí había dicho algo que le interesaba.

Me soltó del brazo.

—Sigue —dijo.

—Si ganas tú, te ayudaré a traer más niños y niñas aquí —dije.

—¡Gretel, no! —protestó mi hermano desde su jaula.

Yo no le hice ni caso. Tenía que convencer a la bruja.

—Si nos comes a nosotros dos, no volverás a tener otros niños hasta dentro de mucho tiempo —insistí—. Sin embargo, si ganas tú, te prometo que traeré muchos más niños y niñas. Si yo se lo digo, se fiarán de mí y vendrán al bosque. Conmigo como cebo será mucho más fácil.

—Interesante —dijo la bruja.

—Piénsalo —dije yo—, puedes llenar todas esas jaulas de niños y niñas tiernos y sabrosos.

—Me gusta cómo suena —admitió la bruja, pensativa—. Es verdad que los niños no se fían de mí. Y también es cierto que ahora mismo necesito comer, necesito ganar fuerzas. ¿Y si pierdo? Cosa que es imposible. Pero suponiendo que pierda, ¿qué quieres?

—Si pierdes, nos liberas a mi hermano y a mí —dije, muy segura.

La bruja se rio.

—Eso ni lo sueñes, pequeña —respondió.

Se acercó mucho a mí.

Y dijo:

—Esta es mi propuesta. Si gano, me traerás diez niños y niñas. Y si ganas tú, liberaré a tu hermano.

—¿Y yo? —pregunté.

—Tú te quedas conmigo pase lo que pase.

—¡No aceptes! —volvió a decir mi hermano.

Sin embargo, no tenía otra alternativa. Si no aceptaba, nos comería a los dos. Así que dije:

—Trato hecho.

—¡Trato hecho! —gritó la bruja, dando brincos.

Hansel y yo cruzamos una mirada. Era una situación desesperada.

Después de un rato, la bruja dejó de brincar.

Un silencio recorrió la sala.

Solo podía escucharse el chop, chop, chop.

La bruja se me acercó de nuevo. Podía oler su aliento, su respiración, a muy pocos centímetros.

—Diez niños sabrosos y ricos, jajajajajajaja —dijo—. ¡Diez criaturitas!

—Si ganas —puntualicé yo.

La bruja me miró muy pero que muy de cerca. Como si estuviera observando el interior de mi cerebro.

—Eres una niña muy interesante —dijo susurrando—. Ya estoy deseando empezar con el jueguecito.

Después levantó las dos manos y dijo gritando para que mi hermano y yo pudiéramos escucharla:

—¡Que comience el juego!

17

Por lo visto incluso una bruja tenía sus problemas.

No le resultaba fácil secuestrar niños.

No podía acercarse al pueblo así como así.

Y además, estaba algo debilitada.

Por eso, cuando escuchó mi propuesta se le hizo la boca agua.

—¡Ánimo, Gretel, puedes ganar! —gritó Hansel.

Mi hermano había conseguido, a base de dar saltitos cortos sobre la silla, llegar hasta la puerta de su jaula.

—¡Recuerda todo lo que te he enseñado, Gretel! —volvió a gritar.

¿A mí?

¿Qué me había enseñado mi hermano?

Si la última vez que habíamos jugado, se había enfadado conmigo porque le había ganado.

Bueno, eso ahora no venía a cuento.

A quien tenía que ganar era a la bruja.

Tenía que salvar a Hansel y luego quizá él podría pedir ayuda a alguien.

Y lo importante era ganar tiempo.

Delante de mí, estaba la bruja. Con su nariz puntiaguda, con sus dientes largos, con su aliento fétido, con su espalda encorvada. Con las venas de su cuello y su frente muy hinchadas. A punto de reventar.

Detrás de ella, en una de las jaulas, mi hermano Hansel.

Y en el centro de aquella habitación circular, la olla gigantesca.

Chop, chop, chop.

La olla donde yo iría de cabeza en caso de ganar la partida.

Era un trato injusto.

Si ganaba, me comería una bruja.

Y si perdía, tenía que traerle diez niños para que se los comiera.

En fin, era lo único que había conseguido. Por el momento.

—¿Preparada?

El grito de la bruja retumbó en toda la habitación.

Yo asentí con la cabeza.

La bruja me tendió su mano derecha.

Sus dedos afilados se movían como si fueran gusanos.

Yo levanté mi mano.

Me temblaba.

Tenía que hacerlo.

No había otra opción.

Estreché mi mano contra la suya.

Sentí su piel áspera en la palma de mi mano.

Sentí su mirada cruel clavada en mis ojos.

Sentí un escalofrío por todo el cuerpo.

Y miedo. Mucho miedo.

—Que empiece el juego —repitió.

Soltó una carcajada que avivó el fuego de la olla.

—Manos a la espalda —ordenó.

Llevamos las manos a la parte trasera de nuestro cuerpo.

—Piensa bien lo que vas a sacar, Gretel. Hay muchas cosas en juego. Sobre todo para ti —dijo la bruja, sonriendo—. Piedra, papel o tijera.

Me sudaban las manos y tenía la sensación de que iba a estallarme el corazón.

No sabía qué debía sacar.

La piedra gana a la tijera.

¿Sacaba piedra?

Las tijeras ganan al papel.

¿Sacaba tijeras?

El papel gana a la piedra.

¿Sacaba papel?

La última vez había vencido al campeón del colegio. Había ganado a mi hermano.

¿Cómo lo había hecho?

Pues voy a decir cómo: de chiripa. Pura suerte.

Así que pensé: «Ojalá también tenga suerte esta vez».

Me disponía a sacar mi mano cuando, de repente, me di cuenta de una cosa. Una cosa muy importante.

Allí delante de mí estaba el gran campeón de piedra, papel o tijera: Hansel.

¿Le iba a pedir consejo? ¿Le iba a preguntar cómo debía jugar contra la bruja?

No, nada de eso.

Iba a hacer algo mucho mejor.

Iba a hacer... trampas.

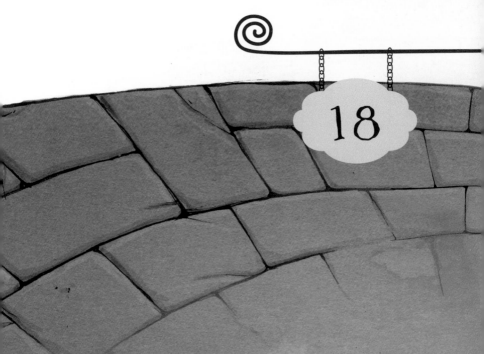

18

Yo nunca hago trampas. A ningún juego.

No me gusta hacer trampas.

Ni me gustan las personas que hacen trampas.

¡Pero tenía delante a la bruja!

¡Y estaba a punto de comerme!

¡A mí y mi hermano!

En una situación así, tenía derecho a defenderme.

Y si para ello me veía obligada a hacer una pequeña trampa, no pasaba nada.

Así que levanté la vista de reojo y miré a Hansel disimuladamente.

Mi hermano estaba justo detrás de la bruja.

Dentro de la jaula.

Amarrado a la silla.

¡Desde su posición, él podía ver las manos de la bruja!

¡Podía decirme con algún gesto o alguna señal qué iba a sacar la bruja!

Y podría ganarla.

Hansel me hizo un gesto con la cabeza, señalándome algo.

Yo miré hacia donde me indicaba.

Eran sus manos.

Él tenía las dos manos atadas a los reposabrazos de la silla.

—¡Uno! —contó la bruja en voz alta, muy solemne.

La mano derecha de mi hermano estaba abierta.

Pero la izquierda...

—¡Dos...!

La izquierda estaba cerrada.

Mi hermano apretaba sus dedos, me mostraba su puño y el puño es...

—Y...

La piedra.

¡El puño es la piedra!

¿Pero qué significaba eso? ¿Que yo sacara piedra? ¿O que la bruja iba a sacar piedra?

¡Qué lío!

Mi hermano se revolvió en la silla.

Me miró muy fijamente.

Y luego volvió a mirar a su mano cerrada.

¡Eso es!

¡Me estaba haciendo señas para que yo sacara piedra!

Le hice caso.

Al fin y al cabo, él llevaba 253 partidas ganadas.

Era el gran campeón.

Y...

—¡Tres!

Cerré el puño con fuerza.

Saqué piedra.

19

Ya he explicado las reglas del juego. Es muy sencillo.

La piedra aplasta la tijera.

La tijera corta el papel.

El papel envuelve la piedra.

Pero hay otra posibilidad: que los jugadores saquen la misma cosa.

Que los dos saquen piedra.

Que los dos saquen papel.

O que los dos saquen tijera.

Entonces quedan en empate.

Y en ese caso...

—Piedra... y piedra —susurró la bruja.

—Piedra y piedra —repetí yo.

—Piedra y piedra —dijo mi hermano, desesperado.

La bruja contemplaba desconcertada las manos de ambas.

—¿Qué tontería es esta? —preguntó—. ¿Quién ha ganado?

—Habéis quedado en empate —dijo mi hermano—. Tenéis que volver a jugar para desempatar.

¿Por qué me había dicho mi hermano que sacara piedra?

¿O es que yo le había entendido mal?

Habíamos empatado. Teníamos que volver a jugar.

La bruja se quedó pensando unos segundos. Parecía estar urdiendo un plan.

Mi hermano me guiñó un ojo.

—¡Vamos, Gretel, puedes ganar!

La bruja hizo un gesto y le mandó callar.

—Shhhhhhhhhhhhhhhhhhhhhhhhhhhh —dijo.

Se hizo el silencio.

La bruja se acercó a mí lentamente y puso su mano sobre mi hombro.

—Está bien: juguemos otra vez, querida niña. Un poco de emoción no está de más. Y después...

Chop, chop, chop.

—Hummmmmmm. ¡Qué hambre me está dando este juego!

Tragué saliva, asustada.

El problema del juego era que, ganara o perdiera, yo me tendría que quedar con la bruja.

Al menos tenía que intentar salvar a mi hermano.

Él había venido al bosque a buscarme y ahora estaba en una jaula por mi culpa.

—Mírame a los ojos, Gretel —dijo la bruja.

Yo la miré a los ojos. Sus pupilas estaban muy abiertas.

—Y ahora, dime, sin titubeos, sinceramente, dime una cosita, querida Gretel: piedra, papel o tijera.

No podía apartar mis ojos de los suyos.

Tal vez había descubierto las señas que me había hecho mi hermano.

Tal vez... me estaba hipnotizando.

Tal vez me estaba hechizando.

O tal vez era simplemente una bruja malvada y vengativa mirándome con cara de malas pulgas.

Dijo:

—¡Uno...!

Mi hermano me hacía gestos. Creo que incluso decía mi nombre. Pero todo me parecía muy muy lejano.

No podía apartar mi vista de los ojos de la bruja.

—¡Dos...!

Las pupilas de la bruja se convirtieron en una especie de espiral verdosa que daba vueltas.

Y vueltas.

Y vueltas.

Y vueltas.

Y vueltas.

Y vueltas.

Y...

—¡Y tres!

Todo ocurrió muy rápido.

O muy lento.

No estoy segura.

Recuerdo que las pupilas de la bruja volvieron a su forma original.

Recuerdo que las comisuras de sus labios comenzaron a alargarse.

Recuerdo que mi hermano tenía extendidos sus dedos índice y anular, haciendo el gesto de la tijera.

Recuerdo sentirme muy cansada de pronto.

Eso es lo que recuerdo.

Entonces bajé la vista.

La bruja mostraba su puño derecho. Sus dedos estaban replegados contra la palma de su mano.

Y los míos...

Los míos solo en parte.

Solo tres. El dedo gordo, el corazón y el meñique.

Los otros dos dedos, el anular y el índice, estaban estirados.

Yo había sacado tijera.

Y la bruja...

¡La bruja había sacado piedra!

La piedra rompe las tijeras. La piedra gana.

La bruja daba saltos de alegría.

¡Me había ganado!

Así que...

—Tienes que traerme diez niños. Y tienes que traerlos ya. No importa la edad que tengan. No importa que sean altos o bajos, rubios o morenos, gordos o... Bueno, tampoco importa. Si son flacos los alimentaremos. Yo me encargaré de que engorden. Tráeme a diez niños y niñas aquí mismo. Tienes veinticuatro horas. Si en veinticuatro horas no me traes carne tierna, si en veinticuatro horas no me has conseguido a diez criaturitas..., me comeré a tu hermano. A la parrilla, hervido, pasado por agua... Cualquier receta me viene bien.

—No la escuches, Gretel. ¡Huye y no vuelvas! —gritó Hansel.

Mi hermano daba saltos sobre la silla. Intentaba deshacerse de las cuerdas que lo tenían amarrado al asiento.

—¡Cuánto te quiere tu hermano, Gretel! ¡Qué pena me da que os tengáis que separar! —se burló la bruja—. Pero así son las cosas.

Después se acercó a la jaula de mi hermano.

—¡Qué ricos tienen que estar esos muslitos sazonados con pimienta y comino! —se relamió mirando a Hansel.

—¿Tengo veinticuatro horas? —pregunté.

—¿Ves esa luz? —contestó.

La luz del sol se colaba por una rendija de la pared y se proyectaba sobre el suelo, señalando el centro de la olla.

—Cuando esa luz vuelva a señalar el mismo lugar, tu tiempo habrá terminado. Y meteré a tu hermanito en la olla hirviendo.

—Es que veinticuatro horas... —intenté decir.

—¡Ah y otra cosa! —bramó ella—. Por si acaso tienes la tentación de contarle esto a alguien y pedir ayuda..., recuerda que te estaré vigilando todo el tiempo, querida niña. Así que mucho ojo.

La bruja extendió sus brazos y comenzó a pronunciar unas palabras que yo no había oído en mi vida.

—Ardesmantrasuc, veidadurreskai, heilicuorumnasen...

Era totalmente imposible repetir lo que estaba diciendo aquella mujer.

No entendía nada.

De repente, el suelo y las paredes comenzaron a temblar, y la bruja desapareció... bajo un humo amarillento.

Se escuchó la voz de la bruja, que venía de algún lugar:

—¡Te estaré vigilando muy de cerca!

A continuación oí la olla hirviendo.

Chop, chop, chop.

Tenía que darme prisa. No había tiempo que perder.

—¡Huye, Gretel! —volvió a gritar mi hermano—. ¡Y no regreses nunca jamás!

Yo miré a mi hermano.

Quería acercarme a su jaula, quería decirle que no se preocupara, que todo iba a salir bien. Pero cada minuto, cada segundo contaba.

—¡Volveré!

Y sin más... salí corriendo.

20

Atravesé un largo pasillo a toda velocidad y llegué frente a las escaleras de caracol.

Sin pensármelo dos veces y casi sin tomar aliento, comencé a subir uno a uno los peldaños.

Descalza.

Agotada.

Uno a uno y con cuidado de no resbalarme.

Estaba muy oscuro.

El suelo era duro y muy irregular. Tenía salientes puntiagudos que me cortaban en la planta del pie.

Pero no podía detenerme. Por nada del mundo.

A lo lejos, escuché la risa de la bruja. Una risa terrorífica que el eco amplificaba.

No había tiempo para el miedo.

356...

Un saliente de la piedra me rasgó la planta del pie izquierdo y me hizo una herida.

Observé un instante aquella herida en el pie.

En otro momento habría pedido ayuda.

O me habría puesto una tirita.

Pero no ese día.

No en ese momento.

No había tiempo para quejarse por una pequeña herida.

Seguí adelante.

357...

358...

359...

Y... 360.

Había llegado a la parte de arriba.

Había conseguido subir los 360 escalones de la escalera de caracol.

Los músculos de las piernas me temblaban.

Me sacudí un poco los gemelos.

Al día siguiente tendría agujetas. Eso, si había día siguiente.

Atrás quedaban mi hermano enjaulado, y la bruja, y la olla... Y una promesa. Una promesa horrible. Diez niños y niñas.

Tenía que conseguir llevarle a la bruja diez nuevas víctimas. De lo contrario la bruja se comería a mi hermano.

Estaba segura de que lo haría.

Seguí corriendo sin mirar atrás.

Para cumplir mi promesa, lo primero que tenía que hacer era salir de allí.

Aquel pasadizo secreto parecía interminable.

Estaba cansada.

Exhausta.

Había corrido un buen rato por aquel lugar oscuro y húmedo. Por aquella especie de cueva subterránea.

No recordaba que fuera tan largo.

Tal vez me había equivocado.

Tal vez aquel sitio era un laberinto y me había perdido por uno de los túneles.

Me apoyé un momento sobre la pared.
Me costaba respirar.
Sudaba.

Necesitaba descansar un poco.

Me miré la herida del pie.

Sangraba un poco pero era un corte pequeño.

De repente, la luz del sol entró por una rendija de la pared y el tono grisáceo de la piedra se fue tornando en cobrizo.

Y entonces recordé algo: cuando la luz del sol volviera a señalar el centro de la olla mi tiempo se habría agotado.

Tenía veinticuatro horas. Veinticuatro horas para salvar la vida de mi hermano.

No había tiempo para descansar.

Miré delante de mí.

El túnel se había estrechado de pronto. Y la pared estaba mucho más cerca.

Lentamente, como por arte de magia, esa misma pared se acercó y transformó en otra cosa: en la pared de... ¡Del armario!

Claro.

Estaba de nuevo en el lugar donde había empezado todo cuando me escondí. En el armario. Y detrás del armario, me esperaban... la cama, la ventana, la cocina y... ¡Jara!

¿Qué iba a hacer ahora?

No podía volver atrás.

Si regresaba con las manos vacías, rompería el trato y la bruja se comería sin pensarlo a mi hermano.

Por otro lado, detrás de aquella pared, estaba esa mujer con la nariz de pimiento. Esa mujer que me había atado a la cama, que me había puesto esparadrapo en la boca, que había intentado cebarme, que había envenenado a mi padre y...

Un momento.

Mi padre.

¿Y si había conseguido despertarse?

¿Y si se había enfrentado a Jara y había conseguido derrotarla?

¿Y si ahora fuera Jara quien estuviera atada en la cama?

En ese instante tomé una decisión: ningún armario, ninguna secuestradora de niñas con nariz de pimiento, nada, ni nadie iba a detenerme.

Di un paso adelante.

Abrí la puerta del armario.

Y me encontré delante de mí lo último que esperaba.

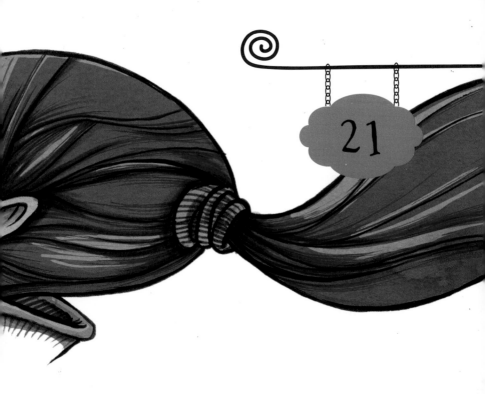

21

Allí en la habitación estaba Jara.

Y también estaba mi padre.

Pero no estaban peleando.

No estaban discutiendo.

Ni siquiera estaban hablando.

Estaban haciendo algo muy distinto.

¡Jara y mi padre se estaban besando!

Así como suena.

Se estaban dando un beso.

—¿¡Pero os habéis vuelto locos!? —grité.

Los dos se separaron de inmediato.

—Perdón —dijo mi padre, avergonzado.

—Es que estábamos buscándote —dijo Jara tratando de sonreír—, y una cosa ha llevado a la otra, y ya ves...

No me lo podía creer.

—Pero papá... ¿cómo te puedes estar besando con esa mujer?

—Bueno, cariño, tampoco es tan raro —dijo él—. Tú misma me has dicho muchas veces que me busque una novia.

—Ah —dijo Jara sorprendida, y sonriendo—, no sabía que estabas buscando novia.

—Bueno —intentó explicar mi padre—, tampoco es exactamente así. Yo..., en fin..., llevo mucho tiempo solo... y...

—¡Que no estoy hablando de eso, papá! —le interrumpí—. ¿Es que de todas las mujeres del mundo tienes que besarte justo con... ella? ¿No te das cuenta de que me ha secuestrado? ¿De que me estaba cebando para comerme? ¿De que me ha entregado a la bruja malvada? ¿Es que no te das cuenta de que es la ayudante de la bruja, suponiendo que no sea ella también una bruja? ¿Es que no te das cuenta de que a ti también te durmió y te ató? ¿Se puede saber en qué estabas pensando?

Mi padre bajó la cabeza.

—Es que es muy simpática y muy valiente —dijo.

¡Esto era el colmo!

A lo mejor le había hipnotizado.

Eso tenía que ser. No había ninguna otra explicación.

—A ver, querida niña —dijo Jara, dando un paso al frente—, te voy a decir tres cosas.

Ya empezaba con eso de las tres cosas.

—Primero: tu padre es un hombre muy atractivo, y podemos besarnos siempre que nos dé la gana sin pedirte permiso a ti, ni a nadie, que ya somos mayorcitos.

—En eso tiene razón —dijo mi padre—, y gracias por lo de atractivo.

—Es la verdad, Esteban —dijo Jara—, y ya de paso te diré que desde que he vuelto al pueblo y me he mudado a esta cabaña en el bosque no he visto a ningún hombre que merezca la pena. Solo algún excursionista perdido. Pero los excursionistas están de paso y yo... Un buen hombre como tú... Pues en fin, ya me entiendes...

Ahora le llamaba Esteban.

Por lo que se ve, habían tomado mucha confianza.

—Te entiendo perfectamente —dijo mi padre acercándose otra vez a ella.

Los dos se miraron con ojitos tiernos.

¿Es que iban a besarse otra vez?

¡Pero bueno!

Tosí y dije:

—¿No ibas a decir tres cosas?

—Sí, sí, perdón —continuó Jara—. ¿Por dónde iba? ¡Ah, sí! Segundo: yo no te he secuestrado. Al contrario; te he cuidado y alimentado, que es muy distinto. No te he hecho daño en ningún momento. Y si te he atado a la cama, ha sido por tu bien, porque estabas débil y estaba nevando, y tenía miedo de que te volvieras a escapar. Perdona, Esteban, ya sé que atar a una niña no está bien, pero es que es muy cabezota.

—Y que lo digas —replicó mi padre—. Si yo te contara... Hubo una vez en el colegio que se empeñó en demostrar a todos los niños que era capaz de subirse al castaño más alto del pueblo y...

—¡Papá! —le corté.

¡Qué fuerte! Ahora mi padre se dedicaba a contar mis cosas a una extraña.

—Y tercero, y lo más importante de todo... —dijo Jara, mirándome muy fijamente—. No voy a volver a repetirlo nunca más, así que escucha atentamente. A ver si se te mete en la cabeza. ¡No soy ninguna bruja! ¡No soy amiga de ninguna bruja! Es más, no conozco a ninguna bruja, cosa que, por lo que se ve, tú no puedes decir.

—No le hagas caso, papá. Te digo que esta mujer me da mala espina. ¿Cuándo has visto tú a una mujer que sea guardabosques? Seguro que va al bosque de noche a cazar niños y niñas.

—Esta niña tiene mucha inventiva —Jara se dirigió ahora a mi padre—. Encima le parece mal mi trabajo. Así no nos vamos a llevar bien, hija mía.

—¿Hija qué? ¿A quién vas a creer, papá? —pregunté yo—. ¿A tu hija o a una mujer que acabas de conocer?

—Eso, Esteban, a quién vas a creer —preguntó Jara—. ¿A una niña de nueve años que se ha escapado en mitad de la noche al bosque y que está contando una historia de brujas y hechizos? ¿O a la mujer que os ha acogido a ti y a tu propia hija en su casa, y os ha cuidado con todo el cariño del mundo?

—Madre mía, qué lío —dijo mi padre, tocándose el bigote.

Cuando mi padre se toca el bigote, es que no sabe qué hacer ni qué decir.

Miré a Jara.

Su pelo larguísimo.

Sus ojos claros.

Su piel blanca.

Su nariz de pimiento sonrosada.

La verdad es que tenía cara de buena persona.

Si fuera la primera vez que la viera, yo misma la creería.

—Propongo que nos olvidemos de todas estas cosas, y que bajemos a comer algo —dijo Jara—. Esta conversación no lleva a ninguna parte, y seguro que ya tenéis hambre los dos. Por cierto, nada de zumo de arándanos, que está visto que os da sueño. Os voy a preparar algo rico para chuparse los dedos. ¿Habéis probado el bizcocho de frambuesa con merengue y cabello de ángel, bañado en chocolate caliente?

Lo dijo con tanta suavidad, que se me hizo la boca agua y me olvidé de todo por un momento.

Me olvidé del pasadizo secreto.

De la olla hirviendo.

De la jaula.

De la promesa que le había hecho a la bruja.

Pensé que estaría bien descansar un rato, sentarse a comer algo rico.

—Buena idea —dijo mi padre.

Jara y mi padre se dirigieron a la puerta de la habitación.

—Ay, Esteban, me da que tú y yo nos vamos a llevar muy bien —dijo ella saliendo del cuarto—. Además me encantan los niños. A veces son difíciles, pero a mí me gustan muchísimo. Y yo creo que todos los niños del mundo necesitan una madre también.

—Pues ya verás cuando conozcas al mayor —dijo mi padre—. Hansel es la bomba.

¡Exacto!

¡Hansel!

Con tanta cháchara, me había olvidado de que mi hermano estaba en peligro de muerte.

¿Cómo podía olvidar algo así?

Tenía que reaccionar.

Tenía que contarle a mi padre que Hansel estaba prisionero.

Tenía que hacer algo.

Urgentemente.

Me vino la imagen de la bruja moviendo la olla con el cazo.

Su risa horrible.

Sus venas hinchadas.

Su sangre palpitando.

¡Y en ese momento supe lo que tenía que hacer!

—¡Eso es!

Mi padre y Jara se giraron hacia mí.

—¿Vienes, cariño? —me preguntó Jara—. He hecho una tarta de zanahoria y chocolate para chuparse los dedos.

Podría haber dicho: «Papá, tu hijo está en peligro de muerte».

Incluso podría haber dicho: «Si de verdad no eres una bruja, es el momento de que lo demuestres».

Pero no había tiempo para explicaciones.

Simplemente negué con la cabeza.

—No puedo. Tengo que hacer una cosa muy importante —dije.

Sin pensarlo ni un segundo, me dirigí al otro extremo de la habitación.

Abrí la ventana.

Y salté por ella.

22

Estaba de nuevo en la parte exterior de la ventana, con el jardín a mis pies.

Y ocurrió justo lo que esperaba que iba a ocurrir.

Cuando iba a saltar al suelo para escapar..., ¡aparecieron los diez lobos horribles y hambrientos!

Abriendo sus mandíbulas.

Gruñendo.

Mostrando sus colmillos afilados.

Daban muchísimo miedo.

Solo que ahora no me pillaron por sorpresa.

Ahora sabía exactamente qué tenía que hacer con aquellos diez animales salvajes.

En lugar de asustarme y retroceder como la última vez, hice todo lo contrario. Di un salto y me planté en medio del jardín.

Los diez lobos empezaron a correr directos hacia mí.

Miré a los lobos, que abrían sus bocas enormes, y pensé: «Voy a conseguirlo».

Levanté mi pie izquierdo del suelo y dejé que unas gotas de sangre se derramaran sobre la nieve.

El rojo de la sangre parecía aún más intenso sobre el blanco.

Los lobos se alborotaron al olor de la sangre fresca.

Sin esperar más... empecé a correr.

Ya sé que últimamente había corrido mucho.

Y que estaba descalza.

Y que estaba muy cansada.

Y que tenía una herida en la planta del pie izquierdo.

Pero la carrera que empecé en ese preciso instante fue la carrera más importante de toda mi vida.

Tenía que conseguir que aquellos lobos me siguieran a toda costa. Pasara lo que pasara. Así que salí disparada hacia la casa.

Antes de que pudiera llegar, la puerta se abrió de par en par y apareció Jara gritando.

—¿Otra vez con lo mismo, Gretel? ¡Ya está bien de tonterías!

Esta vez nada me iba a detener.

Ni Jara.

Ni ninguna amenaza.

Pasé por la puerta empujando a Jara, que intentó detenerme sin conseguirlo.

—¡Pero niña...!

Y los lobos... también me siguieron.

Estaban como locos con la sangre.

Querían atraparme como fuera.

¡Los diez lobos entraron corriendo en la casa!

Crucé el salón a toda prisa.

De reojo vi a mi padre, que estaba allí con los ojos muy abiertos, mirando perplejo cómo su hija pequeña corría por el interior de una casa perseguida por diez lobos.

—¡Hola, papá! —dije sin pararme.

—¡Gretel!

Creo que mi padre dijo algo más.

Creo que Jara también.

Pero yo no podía detenerme.

Por nada.

Ni por nadie.

Subí las escaleras hasta el segundo piso, dejando un pequeño reguero de gotas de sangre que los lobos perseguían. Podía sentir sus colmillos y su aliento muy cerca de mí. Gruñían, aullaban...

Sin embargo, yo estaba decidida. Aquella carrera, como he dicho, iba a ser la más importante que había hecho en toda mi vida.

Entré en la habitación y me lancé de cabeza al interior del armario, que permanecía abierto.

Los lobos parecieron dudar un instante ante la profunda oscuridad del armario. Quizá intuían que allí dentro acechaban peligros ocultos.

Incluso para unos animales salvajes era evidente que allí había algo siniestro, pero su instinto de lobos y la atracción de la sangre pudo más.

Los diez sin excepción entraron a la carrera en el armario.

Atravesé el pasillo.

Bajé la escalera de caracol corriendo.

Los 360 escalones.

Bueno, los últimos no los bajé corriendo, porque me tropecé y caí rodando. Aunque no me hice daño. Y si me lo hice, en ese momento me dio igual. Porque lo único que tenía en la cabeza era una cosa: entrar en aquel lugar lleno de jaulas seguida de diez lobos salvajes... y sorprender a la bruja.

Corrí, corrí, corrí con toda mi alma.

Corrí como nunca antes había corrido.

Corrí como nunca volveré a correr.

Corrí sabiendo que de esa carrera dependía todo.

Corrí con mis últimas fuerzas.

Al fin entré en el salón gigante.

Allí estaba la olla hirviendo.

El centenar de jaulas vacías.

Mi hermano asustado, en una esquina de su celda.

Y allí estaba la bruja.

Al oírme entrar a toda velocidad me miró muy sor-

prendida con sus ojos enro-
jecidos.

Parecía muy enfadada.

Con el último resuello
que me quedaba, exclamé:

—¡He vuelto!

23

No me detuve.

No había tiempo.

Corrí hasta la jaula más cercana.

Di un salto y me metí en su interior.

Cerré la jaula por dentro agarrando con fuerza los barrotes.

Y grité:

—¡He vuelto, bruja! ¿No querías diez criaturitas? ¡Aquí las tienes!

En ese preciso instante entraron a la carrera diez lobos enormes, gruñendo, bramando, ansiosos.

La bruja apenas tuvo tiempo de moverse.

Pude ver sus venas inflamadas con su sangre palpitando con fuerza por sus manos, por su cuello, por su rostro.

Los lobos también debieron de ver y sentir aquella sangre. Porque se abalanzaron los diez al mismo tiempo sobre la bruja.

Con fiereza.

Abriendo sus mandíbulas enormes.

Blandiendo sus colmillos.

Grité a Hansel:

—¡No mires!

Los dos apartamos la mirada y nos tapamos los oídos.

Los lobos se disponían a devorar a la bruja.

Se preparaban para hincar sus colmillos en sus venas palpitantes.

Pero entonces se escuchó otro sonido.

Algo que no esperaba.

¡Pum! ¡Pum! ¡Pum!

Tres disparos.

¡Pum! ¡Pum!

Otros dos.

Los lobos se quedaron paralizados.

La bruja también.

Me giré para ver qué pasaba.

En la puerta de aquella habitación circular alguien disparaba al aire una escopeta: Jara.

La guardabosques observó el panorama.

Tenía en la mano su escopeta.

Volvió a apretar el gatillo apuntando al techo.

¡Pum! ¡Pum!

Los lobos se tumbaron en el suelo asustados.

—¿Alguien puede explicarme qué está pasando aquí? —preguntó Jara sin soltar la escopeta.

—¡La bruja!

—¡Mi hermano!

—¡Diez criaturitas!

—¡Gretel!

—¡Nos quería comer!

Hansel y yo no nos poníamos de acuerdo y hablábamos casi al mismo tiempo.

—A ver, a ver, de uno en uno —pidió Jara, y a continuación se dirigió a la bruja—: Usted, señora, ¿es la famosa bruja?

Mi hermano y yo nos quedamos en silencio. Expectantes.

—Huy, la bruja, yo —respondió la bruja—. Nada de eso. Soy una pobre mujer desvalida.

—¿Y por qué tiene a esos niños metidos en jaulas? —preguntó Jara.

—Esa cría se ha metido ella sola dentro de la jaula —dijo la bruja, señalándome.

—De Gretel me puedo creer cualquier cosa —admitió Jara—. ¿Y el niño?

—Bueno, lo del niño es una historia muy larga —dijo la bruja mirando muy fijamente a Jara, como si fuera a hipnotizarla—. Si haces el favor de bajar la escopeta, yo te lo puedo explicar...

Sin embargo, en lugar de bajar la escopeta, Jara apuntó a la bruja.

Y apretó el gatillo.

Pum.

El sombrero de la bruja saltó por los aires.

—Como vuelva a mentirme o a intentar hechizarme, aprieto este gatillo —dijo Jara muy tranquilamente, sin dejar de apuntarla.

La bruja observó a la guardabosques.

Los diez lobos la miraban amenazantes mostrando sus colmillos, preparados para lanzarse a su cuello en cualquier momento.

Y se dio por vencida.

—Está bien... ¡Soy la bruja! ¡Hija de bruja! ¡Nieta de bruja! ¡Biznieta de bruja! ¡Y a mucha honra! —dijo—. ¡Y a ese niño le he metido yo en la jaula, y estaba preparando un caldo buenísimo para comérmelo!

—Métase ahí dentro —ordenó Jara, señalando una de las jaulas—. No me obligue a disparar.

La bruja comprendió que no tenía escapatoria, y con las manos en alto, se metió en una jaula.

Jara cerró la puerta y dejó allí dentro a la bruja.

—Te voy a decir una cosa, Gretel —dijo Jara muy seria—: estoy muy enfadada contigo. ¿Cómo se te ocurre venir sola a este lugar tan horrible?

—Es que tenía que salvar a mi hermano —dije.

—Bueno, ya hablaremos de eso —respondió la guardabosques—. Por cierto, he tenido que atar a tu padre en la silla. Me daba a mí en la nariz que esta misión iba a ser muy peligrosa, y no quería quedarse en la casa esperando.

¡Qué manía tenía esta mujer de atar a la gente!

Jara registró la habitación.

Acarició el hocico de uno de los lobos.

—Buen chico —le dijo, y el lobo se tumbó boca arriba con las patas flexionadas.

Después se acercó a una de las jaulas. Abrió y cerró la puerta varias veces provocando un sonido metálico y chirriante.

Tocó una de las paredes con el dedo y luego se lo llevó a la boca.

Se acercó a la olla. Cogió el cazo. Probó el brebaje o lo que quiera que fuese aquello...

Y cuando yo ya estaba a punto de preguntarle qué se suponía que estaba haciendo con tanta inspección, Jara tomó la palabra y esto fue lo que dijo:

—Le voy a decir tres cosas, señora bruja. Una: esa sopa está pasada de cocción y yo en su lugar le añadiría un poco de laurel para darle algo de sabor. Dos: hay que ponerle desengrasante a las puertas de las jaulas. Y tres: si no apaga esa hoguera se va a derretir todo el regaliz de las paredes. Dicho esto, y ahora que todos estamos más tranquilos, me surgen varias preguntas que me gustaría que alguien me resolviera. La primera: ¿quién ha construido un pasadizo secreto que sale del armario de mi habitación?

—Mis antepasados lo construyeron —contestó la bruja sin titubear—. En mi familia nos encantan los pasadizos y los lugares secretos en general.

—Bien. Siguiente pregunta: ¿qué pintan todas estas jaulas aquí?

—¡Las ha construido para capturar a niños y niñas! —dijo mi hermano.

—Los alimenta para que engorden y se los come —añadí yo.

Jara se quedó perpleja y se dirigió hacia la jaula de la bruja.

—Eso que dicen estos chiquillos... Eso de que usted come... niños..., ¿eso es cierto?

—¡Claro que es verdad! Es una bruja, la misma bruja que... —salté yo.

Pero Jara no me dejó terminar la frase.

—Le he preguntado a ella. Es importante respetar el turno de palabra.

La bruja se encogió de hombros y dijo:

—Sí. Es verdad. Quiero capturar a muchos niños. A muchas niñas. Y enjaularlos. Y engordarlos y, sí, ¡comérmelos!

Esa última palabra retumbó en la habitación.

La bruja la pronunció con tanta fuerza que su aliento hizo que el pelo de Jara se moviera hacia atrás.

—Arreismaquium, terramisabaudaren...

La bruja pronunció de nuevo esas extrañas palabras imposibles de recordar.

—¡Cuidado, Jara! Está haciendo un hechizo —grité.

Jara empuñó de nuevo el arma, pero ya era demasiado tarde.

La silueta de la bruja fue difuminándose hasta convertirse en un humo amarillento. El humo salió por el hueco de los barrotes y comenzó a recorrer toda la habitación. La hoguera se reavivó y las llamas empezaron a arder con fuerza.

Las paredes se derretían.

El suelo temblaba.

Como cuando hay un terremoto.

Los lobos salieron corriendo de inmediato.

Jara me sacó de la jaula a toda velocidad.

Hansel intentaba salir de la suya pero no podía.

Estaba cerrada con llave.

—¡Corred vosotras! ¡Salid de aquí! ¡Rápido! —gritó mi hermano.

Pero no teníamos ninguna intención de dejarle allí.

Sin dudarlo, Jara se dirigió a la jaula.

—Aparta —dijo.

Hansel se movió hasta el fondo de la jaula en la que estaba atrapado.

Jara disparó y la cerradura saltó por los aires.

Ahora los tres estábamos libres para correr...

¡Pero no había ningún sitio por donde salir!

El hueco de acceso a la cueva circular se había llenado de piedras. Piedras enormes que caían de las paredes. Piedras de regaliz.

¿Qué hacer?

—Ayudadme —dijo Jara sujetando un asa de la enorme olla.

Hansel y yo nos acercamos, y entre los dos sujetamos la otra asa.

Levantamos la olla entre los tres.

—Un poco más —resoplaba Jara entre dientes, por el esfuerzo.

Mi hermano y yo empujamos con todas nuestras fuerzas.

Hacía mucho calor.

Aquel lugar temblaba y se desmoronaba por momentos.

—¡Podemos conseguirlo! —nos animó Jara—. A la de tres, le damos la vuelta a la olla. ¡Una!

Balanceamos un poco la olla.

—¡Dos!

No sabía muy bien qué estábamos haciendo, pero Jara parecía tenerlo claro.

—Y ¡tres!

La olla se volcó.

Y el agua hirviendo cayó sobre una de las paredes.

Inmediatamente, el calor derritió parte del muro de regaliz e hizo un boquete.

Jara se apresuró y entró por la pequeña abertura.

—No hay tiempo que perder. ¡Corred!

Y los tres corrimos con todas nuestras fuerzas.

A nuestro paso, las paredes se derretían.

Todo se tambaleaba.

Era como si de un momento a otro se fuera a abrir

una grieta en el suelo y nos fuéramos a caer al interior de la tierra.

Llegamos a la escalera de caracol.

La piedra ya no estaba tan dura.

Se estaba derritiendo a nuestro paso.

Y quemaba al contacto con los pies.

—No miréis abajo —dijo Jara.

Empezamos a subir.

Los escalones desaparecían a nuestro paso.

Era mejor no pensar en aquel abismo que se extendía bajo nuestros pies.

Hansel respiraba muy fuerte.

Casi no podía avanzar.

El pobre estaba agotado.

Y muy asustado.

—Tengo miedo, Gretel —dijo—. No puedo más.

Le agarré de la mano.

Aunque yo también estaba muerta de miedo y de cansancio, sonreí para darle ánimos.

Y le dije:

—Ya queda poco.

Seguimos avanzando de la mano.

357...

358...

359...

Y 360.

¡Lo habíamos conseguido!

Sin detenernos, atravesamos el armario.

Y caímos al suelo del esfuerzo.

Los tres.

Nos miramos sin atrevernos a decir nada.

Habíamos escapado. ¡Lo habíamos logrado!

Inmediatamente bajamos al salón.

Allí estaba mi padre.

Atado a una silla.

Con cara de pocos amigos.

24

Mi padre nos observaba con los ojos muy abiertos.

—Estoy muy pero que muy enfadado —dijo.

—Papá —dijo Hansel poniéndose en pie—, ha estado a punto de comernos una bruja.

—Y casi nos aplasta una habitación de regaliz hirviendo —dije yo.

—Y... —intentó decir de nuevo mi hermano.

—Y nada más, señoritos —le cortó mi padre—. Os habéis escapado de casa. Me habéis desobedecido. Y esto no va quedar así. De momento, ya os estáis olvidando de hacer guerras de agua en el jardín.

Mi padre tenía un enfado impresionante.

Estaba atado a una silla.

No dejaba de dar saltitos.

—Y tú, Jara, esta manía tuya de atar a la gente... —dijo mi padre—. ¿Lo haces siempre o es que últimamente te ha dado por ahí?

—Perdona, Esteban, lo he hecho por tu bien —dijo Jara.

—No, no me hagas cosquillas —respondió mi padre, muy serio—. No estoy para bromas. Esto va muy en serio.

Un momento.

¿Cosquillas?

¿Quién le estaba haciendo cosquillas a mi padre?

Los únicos que estábamos ahí éramos mi hermano, Jara y yo.

Delante de la silla.

Sin mover las manos.

¿Quién le estaba haciendo cosquillas a mi padre?

Pic, pic, pic.

De detrás del respaldo de la silla salió un pajarito de color amarillo.

Pic, pic, pic.

Picoteaba la cabeza de mi padre.

—Oh, qué pájaro tan bonito —dijo Jara.

El pájaro voló hasta la mecedora y se posó sobre el reposabrazos.

Yo sabía que ese pájaro no era en realidad un pájaro y que, desde luego, no era nada bonito.

Pero no había tiempo para dar explicaciones.

Cogí una cazuela que había sobre la mesa y corrí hasta la mecedora.

Tenía que atrapar ese pájaro.

Sin embargo, en un abrir y cerrar de ojos..., ¡el pájaro se transformó en la bruja!

Y me agarró con fuerza del brazo, arrastrándome junto al horno.

—Que nadie se mueva, si no queréis ver a esta jovenzuela asada a la parrilla —dijo la bruja.

Mi hermano, mi padre, Jara... Los tres se quedaron inmóviles.

—¡Qué bien, Gretel! Otra vez tú y yo. Las dos. Muy cerca del horno. Como la última vez. Como hace tres años. Espero que os hayáis convencido de una cosa: ¡no podéis acabar conmigo! Soy una bruja, hija de bruja, nieta de bruja. Y soy poderosa. Y tengo hambre. Mucha hambre. Mucho tiempo sin comer. Sin probar bocado. Alimentándome de sopa y de regaliz. En esa habitación con jaulas. Sin nada más que llevarme a la boca. No sabéis el hambre que tengo. No sabéis lo hambrienta que estoy.

—¿Hambrienta? —preguntó Jara extrañada—. ¿Ha dicho hambrienta?

—¡Síiiiiiiiiiiiiiiii! —contestó la bruja echándome su fétido aliento en la cara.

—¡Haberlo dicho antes, mujer!

Sin dudarlo un segundo, Jara sacó de su zurrón un par de rosquillas de azúcar, tres hojaldres de nata y dos onzas de chocolate.

Esta mujer era una pastelería andante.

—Toma. El chocolate se ha derretido un poco con todo ese calor que hacía en el pasadizo pero seguro que está bueno —dijo Jara entregándole los dulces.

—¿Qué es esto? —preguntó la bruja desconfiada.

—Deben de ser unas 1.200 calorías. Creo que es un valor nutritivo suficiente como para saciar tu hambre por ahora.

La bruja olisqueó una de las roquillas.

Sacó su lengua puntiaguda.

La probó.

Y... la devoró.

Luego la otra.

El chocolate.

Los hojaldres.

—¡Qué bueno, qué bueno está esto! ¡Quiero más! ¡Dadme más cosas de estas! ¡Tengo hambre! ¡Quiero más!

No estoy segura, pero juraría que mientras decía todo aquello se le saltaban las lágrimas.

Nunca en mi vida había visto a alguien comer a tanta velocidad.

Ahí estábamos los cuatro, mi padre, mi hermano, la guardabosques, y yo, observando a la bruja malvada atiborrarse de dulces.

Y lo que pasó después fue aún más increíble.

Nunca.

Jamás de los jamases.

Por nada del mundo hubiera imaginado que compartiría mesa y cena con... ¡la mismísima bruja!

25

Cosas que no entiendo:

Los años luz (¿cuántos años son exactamente?).

Algunos problemas de álgebra.

Las brújulas.

Que mi padre le ponga vinagre a las lentejas.

El infinito.

Que te pique una avispa cuando tú no le has hecho nada.

Comer arroz con tenedor...

Y la respuesta que me dio la bruja aquella noche.

Por más que lo pienso, no lo entiendo.

Estábamos cenando. Todos. En casa de Jara. En la antigua cabaña de la bruja.

Mi padre.

Jara.

Mi hermano.

Yo.

Y...

Sí.

La bruja.

Crema de garbanzos, tortilla de patatas rellena de queso, filetes empanados, huevos de codorniz con salsa de tomate, empanada de carne, rollitos de beicon con anchoas, pastel de verduras, rebanadas de pan con mantequilla, requesón con miel, pasteles de canela y pudin de frutas.

Creo que no me dejo nada.

Como decía, estábamos cenando.

Me dio por preguntarle a la bruja:

—¿Por qué comes niños?

Así.

Sin más.

Directamente.

Eso era lo que quería saber: ¿por qué las brujas comen niños y no lechuga, por ejemplo?

¿Habrá alguna bruja vegetariana?

Todos se quedaron en silencio.

La bruja también, aunque seguía masticando.

—Es una buena pregunta —dijo con la boca llena.

Estaba claro que los modales no eran su fuerte. ¡Ni siquiera sabía usar los cubiertos!

—Ya te he dicho que soy hija de bruja, nieta de brujas, biznieta de brujas...

—¿Y...? —le insistí.

—Pues la verdad —dijo la bruja—, como niños y niñas porque es lo que hacían mi madre, mi abuela, mi bisabuela... Como niños y niñas porque no sabía que podía comer otra cosa. Simplemente por eso.

Y se metió un trozo de tortilla en la boca.

Esa fue su respuesta: «Como niños porque no sabía que podía comer otra cosa».

Me pareció que aquella mujer, aquella bruja, podría ser muy poderosa y muy malvada, pero había muchas cosas que no sabía.

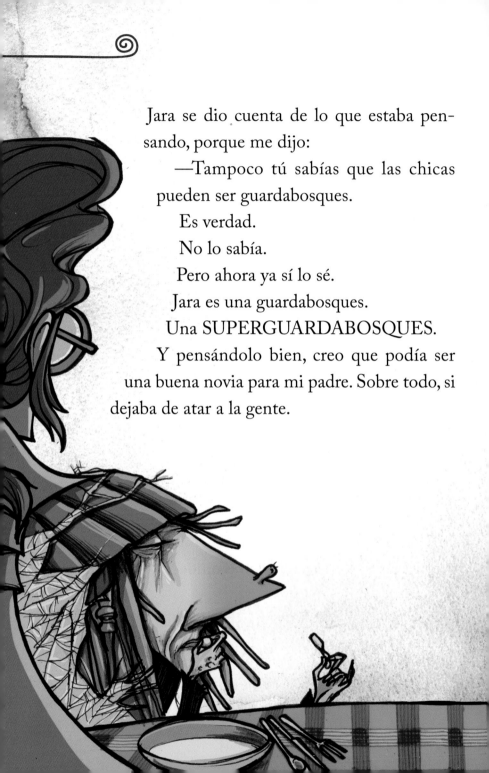

Jara se dio cuenta de lo que estaba pensando, porque me dijo:

—Tampoco tú sabías que las chicas pueden ser guardabosques.

Es verdad.

No lo sabía.

Pero ahora ya sí lo sé.

Jara es una guardabosques.

Una SUPERGUARDABOSQUES.

Y pensándolo bien, creo que podía ser una buena novia para mi padre. Sobre todo, si dejaba de atar a la gente.

La bruja soltó un eructo muy sonoro.

Ya he dicho que los modales no eran lo suyo.

—Estoy llena —dijo chupándose los dedos.

Y se dio unas palmaditas en la barriga.

Tengo que reconocer que, después de haber comido, esas venas hinchadas apenas se le notaban. En general, podría decirse que tenía mucho mejor aspecto. A lo mejor parte de su aspecto horrible se debiera al hambre.

Lo cierto es que, por primera vez, su cara, su cuerpo, sus manos..., toda ella me parecía más humana.

—Me siento muy satisfecha con esta cena. Pero aún queda un asunto pendiente —dijo la bruja.

Oh, oh. ¿Un asunto pendiente?

Espero que no tenga que ver conmigo.

Ni, por supuesto, con el horno.

—Esta es mi casa —comentó la bruja, mirando a su alrededor—. La construyó mi bisabuela. Con sus paredes de caramelo. Con su fuente de chocolate. Con su horno de leña. No tengo otro sitio adonde ir. En el bosque hace mucho frío. Y no me gusta dormir a la intemperie. Soy una bruja, pero me dan miedo los murciélagos.

—Pues parece que tenemos un problema porque yo tampoco tengo adonde ir —respondió Jara—. Cuando me contrataron, me aseguraron en el cuartel general de los guardabosques que podía quedarme a vivir en esta cabaña si la arreglaba.

—Yo tengo una idea —dije.

—Y yo —dijo mi hermano.

Los dos miramos a mi padre.

—¿Eh? ¿Cómo? —dijo mi padre.

Estoy segura de que él también estaba pensando lo mismo, aunque no se atreviera a decirlo.

Los tres nos giramos y miramos a la guardabosques.

—Bueno, pues no sé, Jara..., hay otras posibilidades... A lo mejor podemos pensar otras ideas... —dijo mi padre.

—Lo que mi padre quiere decir es que te vengas a vivir con nosotros —dije yo.

—¿Qué? —preguntó Jara, aparentemente sorprendida—. ¿A ti te gustaría eso, Esteban?

—Claro que le gustaría —dije yo.

—Le gustaría mucho —dijo mi hermano.

—Bueno, bueno, dejadme hablar a mí —dijo al fin mi padre, y miró a Jara—. Me encantaría que te vinieras a vivir con nosotros.

—A mí también —respondió Jara.

¡Ya se estaban mirando con esos ojitos!

¡Por favor, que no se dieran un beso allí delante!

—Tortolitos —dijo la bruja—, me recuerdan a mí en mis años mozos. Había un mago muy malote que me volvía loca, si yo os contara...

—No tan rápido —dijo Jara, dirigiéndose ahora a la bruja—. No te creas que te voy a devolver la casa así como así. Te la devuelvo con tres condiciones. La primera: voy a quedarme aquí esta semana contigo. Por lo menos hasta que vea que has engordado unos kilitos. Tienes un aspecto horroroso. La segunda: en esta semana te enseñaré a cocinar recetas de lo más variadas. Es importante que cuides tu alimentación. Ese aliento y ese cutis que tienes pueden deberse a algún tipo de afección gastrointestinal.

La bruja se sonrojó un poco.

—Es de familia —se excusó.

—Y la tercera y más importante —dijo Jara muy seria—: pase lo que pase, por mucha hambre que tengas, nunca, bajo ninguna circunstancia volverás a comerte a un niño o a una niña, ni a ningún ser humano en general. Si tienes hambre y no encuentras comida, vendrás a mi casa, a nuestra casa, y yo te pondré un suculento menú sobre la mesa. Tienes que darme tu palabra de bruja.

—¿Y si no acepto? —preguntó la bruja, desafiante.

—Si no aceptas —dijo Jara, acariciando la culata de su escopeta—, desearás no haberme conocido. Las guardabosques, por si no lo sabías, somos muy majas por las buenas, pero a las malas, somos capaces de cualquier cosa.

Por un momento se hizo el silencio.

Pensé que la bruja podía intentar algún hechizo.

Y que Jara se pondría a disparar.

Y que en lugar de un final feliz, aquello acabaría en un tiroteo o algo peor.

La bruja chocó los dedos de su mano derecha contra los de su mano izquierda.

—Venga —dije yo—, danos tu palabra. Si te ha encantado la comida de hoy.

—Eso es verdad —reconoció la bruja—. De acuerdo, os doy mi palabra. Nunca más comeré a ningún niño ni niña, ni a ningún ser humano. Nunca jamás.

—¡Bravo! —exclamó mi hermano.

Y entonces mi padre dijo:

—Tres hurras por Jara. Hip, hip...

Y mi hermano contestó:

—Hurra.

—Hip, hip...

Y la bruja:

—Hurra.

—Hip, hip...

Y todos:

—¡Hurra!

En ese momento me di cuenta.

En ese preciso instante supe lo que iba a ocurrir.

Contemplé a Jara.

Con su tez pálida.

Con su nariz de pimiento.

Sonriendo delante de todos.

Supe que la gente hablaría de todo lo que había ocurrido en el bosque con la bruja.

De nuestra aventura.

Y supe que la heroína sería Jara.

La superguardabosques.

Ella fue la que metió a la bruja en una jaula.

La que la apuntó con su escopeta.

La que había saciado su apetito con un sabroso menú.

La que la había convencido para que dejara de comer niños.

Nadie se iba a acordar de quién salió sola aquella noche de invierno en busca de la bruja.

Quién se metió en su antigua cabaña y descubrió el humo amarillo.

Quién desafió a la bruja malvada en su propia guarida.

Quién corrió delante de una manada de lobos.

Nadie se acordaría de eso.

—Menuda historia —dijo mi padre—, en el pueblo todos se van a quedar con la boca abierta. La historia de Jara y la bruja.

Mi padre acababa de confirmarlo: «La historia de Jara y la bruja».

Ni rastro de la pequeña Gretel.

Yo sería una mota de polvo dentro de esa historia.

La pobre niña asustada a la que salvó una valiente guardabosques.

Lo curioso es que en lugar de enfadarme... me dio igual.

¡Me dio completamente igual!

Yo sabía lo que había ocurrido de verdad.

Yo sabía que le había plantado cara a la bruja.

Que me había sacrificado para salvar a mi hermano.

Que me había enfrentado a diez lobos salvajes.

Y muchas más cosas.

Eso era lo único importante.

Qué más daba lo que dijeran los demás.

Me sentía bien. A gusto.

Estaba pensando en todo eso, cuando mi hermano tiró de mí.

—¿Salimos a jugar un rato a la nieve? —me dijo.

—Claro —respondí.

La bruja se quedó recogiendo la mesa.

Mi padre y Jara se acercaron al fuego a hacer manitas.

Y Hansel y yo salimos al jardín.

Estaba todo nevado.

Precioso.

Allí delante de aquel jardín completamente blanco, supe que las cosas habían cambiado.

Después de aquella aventura yo no volvería a ser la misma.

Había aprendido un montón de cosas.

Me alegré de que por fin mi padre hubiera encontrado una novia.

De que hubiera una chica guardabosques.

Y también de que la bruja ya no quisiera comer niños y niñas.

—He estado pensando... —dijo mi hermano—. Cuando volvamos al colegio y contemos todo esto que nos ha pasado en el bosque con la bruja..., no sé, creo que habrá que contarlo bien para que la gente lo entienda...

—¿A qué te refieres? —pregunté.

—Ya sabes —dijo—, papá ahora está muy entusiasmado con Jara, pero está claro que la heroína de la historia no ha sido ella.

—¿Ah, no? —dije.

A lo mejor mi hermano también había cambiado.

A lo mejor se había dado cuenta por fin de que

tanto la primera vez que nos perdimos en el bosque, como esta segunda vez, había sido yo la que le había salvado.

—Si lo analizamos bien, al que han estado a punto de comerse... ha sido a mí —dijo.

—¿Eh?

—El que ha estado encerrado en una jaula un día entero y casi le meten en la olla, he sido yo —dijo convencido.

Al escuchar aquello, primero me sorprendí. Y después me reí. ¡Estaba muy feliz de estar allí a su lado en aquel jardín nevado!

Por supuesto: mi hermano quería ser otra vez el protagonista.

El campeón de piedra, papel y tijera.

El que había vencido dos veces a la bruja.

El hermano mayor.

—Lo que tú digas, hermanito —le dije yo.

—Hansel y Gretel: el retorno de la bruja. Así es como recordará la gente esta aventura. ¿Qué te parece?

—Te quiero un montón, Hansel —fue mi respuesta.

—Y yo también a ti, Gretel —dijo él.

Y sin más, le tiré una bola de nieve que le impactó en pleno rostro.

Entre risas.

Y gritos.

Y bolazos de nieve.

Así, me di cuenta de que aquella segunda aventura de mi vida había llegado a su... **FIN.**

Próximamente:

CAPERUCITA